值得珍藏的世界微型小说丛书

世界幽默小小说精选

本书编写组 ◎ 编

世界图书出版公司
广州·北京·上海·西安

图书在版编目（CIP）数据

世界幽默小小说精选／《世界幽默小小说精选》编写组编．—广州：广东世界图书出版公司，2010.3（2024.2重印）
ISBN 978-7-5100-1512-0

Ⅰ．①世… Ⅱ．①世… Ⅲ．①小小说-作品集-世界-现代 Ⅳ．①I14

中国版本图书馆 CIP 数据核字（2010）第 043673 号

书　　名	世界幽默小小说精选 SHIJIE YOUMO XIAOXIAOSHUO JINGXUAN
编　　者	《世界幽默小小说精选》编写组
责任编辑	张梦婕
装帧设计	三棵树设计工作组
出版发行	世界图书出版有限公司　世界图书出版广东有限公司
地　　址	广州市海珠区新港西路大江冲 25 号
邮　　编	510300
电　　话	020-84452179
网　　址	http://www.gdst.com.cn
邮　　箱	wpc_gdst@163.com
经　　销	新华书店
印　　刷	唐山富达印务有限公司
开　　本	787mm×1092mm　1/16
印　　张	13
字　　数	120 千字
版　　次	2010 年 3 月第 1 版　2024 年 2 月第 11 次印刷
国际书号	ISBN 978-7-5100-1512-0
定　　价	59.80 元

版权所有　翻印必究

（如有印装错误，请与出版社联系）

前　言

　　微型小说的基本特征,是通过塑造人物形象来反映社会的真实面貌,它篇幅短,文字少,情节简短,手法明快,而且灵活多变,反映社会生活敏锐而及时,信息量多而快;它将小说与社会,小说与现实关系拉得很近,富有旺盛、持久的生命力。

　　微型小说的艺术手法很重要,不用高超的艺术手法想要写出脍炙人口的微型小说是不可能的,一篇好的微型小说要富有哲理性。它要求作家具有极其敏锐的洞察能力,细心捕捉每一个能反映日常生活的精彩瞬间。

　　语言是微型小说的第一要素。但凡遣词造句、叙述的角度、字里行间的感情色彩以及语调、行文的节奏、修辞的手法等,作家都应以自己的习惯去认真对待。这些将反映作家的个性、气质、文学修养、美学趣味,代表作家的语言风格。

　　本书精选了世界各国多位作家的100多篇幽默小说的佳作,当中还有诺贝尔文学奖获得者。本书不但能使你欣赏各种风格、各种流派的最精美的幽默小说艺术,而且几乎每一篇都能使你在笑声中一气读完。

　　由于编者的学识和水平有限,本书在编辑过程中难免有挂一漏万之处,敬请广大读者批评指正。

目　　录

好朋友	[美国]马克·吐温	1
新型的农村副业	[美国]马克·吐温	2
光荣的事情	[美国]马克·吐温	4
看　画	[美国]马克·吐温	7
金星人的挫折	[美国]阿·布克华德	9
女　贼	[美国]罗伯利·威尔逊	11
一磅奶油	[美国]阿瑟	14
坐	[美国]弗朗西斯	16
共进晚餐	[美国]克里斯托弗·莫利	18
爸爸最值钱	[美国]布赫瓦尔德	21
"帕罗"先生	[美国]威廉·巴雷特	24
赤身裸体的男人	[巴西]费尔南多·萨比诺	28
电　话	[巴西]安德拉德	31
要涨价了	[土耳其]阿吉兹·涅辛	33
人　质	[日本]星新一	35
果　然	[日本]星新一	38
隔音装置	[日本]星新一	40
强盗的苦恼	[日本]星新一	42
现场作戏	[日本]古贺准二	45
忍到最后	[日本]久保裕一	47
老俩口	[日本]都筑道夫	49
聘　任	[英国]埃克斯雷	50

敞开着的窗户	[英国]萨契	52
午　餐	[英国]毛姆	56
可笑的悲剧	[法国]阿·科蒂	60
地　窖	[法国]塞斯勃隆	64
雪茄传奇	[法国]阿波利奈尔	67
里昂怪物或情欲	[法国]阿波利奈尔	70
奥诺雷·苏布拉克失踪之谜	[法国]阿波利奈尔	73
一个幸运的贼	[法国]莫泊桑	77
天堂的来客	[法国]塞涅奥	81
窃　贼	[法国]阿·康帕尼尔	83
照章办事	[德国]拉里夫·维内尔	85
一个小偷和失主的通信	[德国]奥托·纳尔毕	88
考　验	[德国]黑伯特·马内夏	92
火车头	[德国]赫·贺尔特豪斯	96
吃白食	[德国]彼得·黑贝尔	98
举世无双的珍品	[德国]约翰·威塞尔	100
拦汽车	[德国]约翰·勒斯勒尔	103
吻公主	[德国]汉斯·里鲍	105
上班的诀窍	[德国]路·库波赖特	107
意见簿	[俄国]安·巴·契诃夫	109
失　败	[俄国]安·巴·契诃夫	111
体　验	[俄苏]格·德罗比兹	113
女仆安娜的纪念日	[捷克]哈谢克	115
要适可而止	[俄苏]达尼洛夫	119
我是怎样成为英雄好汉的	[俄苏]马尔季扬诺夫	121
天才的力量	[俄苏]左琴科	123
在路途中	[俄苏]阿纳托利·拉斯	125
言传身教	[俄苏]B·勃罗多夫	127
追　求	[俄苏]符·斯维利多夫	128
获胜者	[俄苏]叶林阿尔道夫	130

人类之友	[前苏联]列·列奇	132
身心交瘁	[前苏联]尤·左洛达列夫	134
第二次出嫁	[前苏联]米哈依尔·安德拉沙	137
一根琴弦	[前苏联]卡邱申科	140
空中魔术	[前苏联]A·塔拉斯金	143
开会有益	[前苏联]格·瓦·凯冒克利德哉	145
鲁滨逊"飘流"记	[前苏联]彼得罗夫	147
某国故事一则	[土耳其]阿·涅辛	152
俄勒冈州火山爆发	[瑞士]瓦·弗洛特	155
黑信	[捷克]雅·哈谢克	157
人缘好的丈夫	[捷克]约瑟夫·斯特蒂纳	159
男爵的家务改革	[捷克]哈谢克	161
生活经历	[捷克]哈谢克	164
善人	[捷克]哈谢克	169
流言蜚语	[前南斯拉夫]布·努西奇	172
门把	[前南斯拉夫]法·哈兹其	177
部长的小猪	[前南斯拉夫]努希奇	181
保险	[奥地利]罗达·罗达	184
诚实致富记	[荷兰]埃·赞特涅夫	187
吻	[瑞典]雅·瑟德尔贝里	190
七个铜板	[匈牙利]莫里兹	193
有什么新鲜事吗？	[匈牙利]厄·伊斯特万	198
在科学之宫	[匈牙利]厄·伊斯特万	200

好朋友

[美国] 马克·吐温

约翰在街上碰到他的好朋友麦克,便对他说:"唉,我遇到了一件很麻烦的事。真不知道该怎么办!"

"什么事?我们是好朋友嘛,你有什么麻烦事就该对朋友说。也许我能帮你想想办法。"

"我发现我正处在热恋之中。"

"这是好事啊,你怎么会觉得麻烦呢?"麦克不解地问。

"我同时爱上了两个姑娘,她们一个长得很漂亮,但没钱;另一个长得不漂亮,却很有钱。你看我应该跟谁好呢?"

"当然是那个长得漂亮的。这年头,钱算得了什么!"麦克坚决地回答道;

"对!"约翰说道:"谢谢你的好主意,再见。"说完转身就走。

"等一下,约翰,"麦克叫住他,"你能不能把那位有钱姑娘的住址告诉我?"约翰突然明白了他朋友的用心。

新型的农村副业

[美国] 马克·吐温

"嘟，嘟，嘟——嘟！"

开汽车的人谨慎地以每小时二十千米的速度，沿着农村公路行驶着，注意那些靠路边的农舍，他放慢速度，响了三次喇叭。立刻一阵蜂拥，有几百只母鸡从门口跑出来，它们跟在鸭子后面，刚巧来到汽车路上。赶快急刹车，但已经来不及了。车子滑过去，无法停住，已经在蜂拥的鸡群中冲出一条血路——鸭子停住，又逃回去了，轧死几只母鸡。车主人心里很不安，把车开到路边，然后出了车厢。一个非常愤怒的老人从农舍里跑出来。后面跟着一个傻乎乎的大约十四岁的少年。老人看到这个情景：两只鸡死了躺在路上，还有一只鸡轧坏了翅膀躺在尘埃里。

"一个人该这样子闯过别人的门口吗？"他吼道。他穿过马路，拾起那只被轧坏翅膀的鸡，气冲冲地一把拧断了它的脖子，然后转身冲着那个谋杀者，好像要再找几个脖子来拧断似的。

"为什么你不鸣响喇叭？"他质问。

"我做了，"车主人低声地说，"响了三次。"

老人回过头来问傻小子："你听到了吗？"他用愤怒的语气问道。那个男孩子摇摇头，好像因为有人竟然压死了鸡还来扯谎，而感到很难过似的。

"我要问你的姓名和地址，"鸡主人继续说，"到警察局去，我们决不罢休……"

"你听我说,"车主人说,"这些轧死的鸡,我愿意赔偿。"

"每只鸡不能少于三镑!"主人宣称。

"可是一只鸡一般价格还不到一镑。"车主人说。

农民大发雷霆:"你自己看看,这是什么样的鸡?"他吼道,"二十里方圆找不到这样好的鸡!你真交运,我的妻子不在家,不然的话,她会告诉你一些情况。我告诉你,这里的鸡她只只都叫得出名字来。在伦敦街上。能有这样好的鸡么?"车主人只好被迫说是没有。

"那么三只鸡赔我九镑,"农民说。

"五镑吧。"车主人说,看了一下他的表,到家还要行驶几百里路呢!

最后妥协:七镑。

两分钟以后,车和它的主人从山那边消失了。

老人把钱塞进腰包,把死鸡交给傻小子:"把这交给女主人,杰克,"他说,"告诉她,我已经等不及要吃饭了,在你吃饭之前,把鸡喂一下。"

傻小子进去,不久又出来,一只手拿着一盆谷粒,另一只手是一只旧的汽车喇叭。他把盆子里的谷粒,倒在公路正中央,于是吹喇叭,又长又响。

母鸡跟着鸭子奔涌而出。

光荣的事情

[美国] 马克·吐温

我记得有一次,身边分文不剩了,但在天黑前又急需三美元。我茫然不知所措,到哪里去弄钱呢?

我沿着街道徘徊了整整一小时,也想不出一点办法来。后来,我走进爱伯特旅馆,找了地方坐了下来。这时,一只狗朝我走来,停在我身边,打量着我,好像在说:"你想交朋友吗?"我好奇地注视着这只可爱的畜牲。它快乐地摆动着尾巴,围着我团团转,用头在我身上磨蹭,一再地扬起头,用棕色的眼睛看着我。这真是一只逗人喜爱的小东西,我抚摸着它那缎子般光滑的脑袋,就像久别重逢的老朋友一样。

过了一会儿,密尔将军——一位民族英雄穿着蓝色和金色相间的制服走了过来,人们都羡慕地望着他那身显眼的制服。这时他突然看见了这只狗,停了下来,眼睛里流露出喜爱的神情。看得出他也迷上了这只漂亮的畜牲。将军情不自禁地走上前,轻轻地摸着这只狗,说:"这是一只很好的狗,多逗人喜爱呀!你愿意卖吗?"

我爽快地说:"可以。"

"卖多少钱?"

"三美元。"我回答。

将军大吃一惊说:"三美元?只卖三美元?这可不是一只平常的狗啊,它至少值五十美元。你大概不懂行情,我不想占你的便宜。"

我还是回答:"不错,三美元,只卖三美元。"

"那么好吧，既然你坚持这个价钱。"将军说着，高兴地递给我三美元，然后带着狗一直向楼上走去。

约莫十来分钟光景，一位相貌温和的中年绅士走了过来，四下里张望。我对他说："你是在找狗吗？"

他焦急的脸上露出一线希望，顿时松了一口气，连忙回答："对，对！您看见啦？"

"是的，一分钟前它还在这里。"我说，"我看见它跟着一位将军走了，如果你需要我试试的话，我愿帮你找回来。

我很少看见一个人如此感谢我，他连连表示愿意让我试试。毫无疑问，我不费吹灰之力就能把它找回来。我暗示他不要舍不得一点钱作为酬谢，他明白了我的意思，满脸笑容地说："没问题，没问题，"一边问我要多少。

我说："三美元。"

他惊讶地望着我说："啊！这算不了什么，即使给您十美元，我也心甘情愿。"

但我说："不，我只要这些就够了。"我二话没说就上了楼。人们一定会说我傻吧，怎么多一分钱也不想要。

我向旅馆服务台打听到了将军房间的号码。当我走进房间时。将军正非常高兴地给狗梳理着。我说："将军，真对不起，我要把这只狗带回去。"

他吃了一惊说："什么？带回去！这是我的狗了，你已经卖给了我，价钱是你出的。""是的，一点不错。"我说，"但我必须带它回去，因为有个人在找它。"

"什么人？"

"这只狗的主人。这不是我的狗。"

将军更惊奇了，不知说什么才好，半晌才说："你的意思是你把别人的狗出卖了？"

"是的。我知道这不是我的狗。"

"那么，你为什么要卖呢？"

我说："哎呀！你真问得稀奇。是因为你要买它，我才卖给你，是你自己出价买这只狗，这你不能否认吧。我既没有要卖它的意思，也没有说要卖它，我甚至连想也没想过要卖它呢……"

将军打断了我的话，说："这真是我生平遇到最稀罕的事，你是说你出卖的这只狗不属于你……"

我不等他继续说下去，便说道："你自己说这只狗可以值五十美元，我只要了三美元，还有什么不公平吗？你提出多付些钱，事实上我只要了三美元，这你不否认吧。"

"哎呀，我并不是非要这只狗不可。事实上是你自己没有狗。你明白我的意思吗？"

我说："请别再费口舌了。你不能回避这个事实：买卖是非常公平，非常合理的。但因为这不是我自己的狗。因此，争论下去也是白搭。我必须把它带走，是因为有个人要它。我在这个问题上没有选择的余地，你懂了吗？如果你是在我这个位置，假如你卖了一只不属于你的狗，假如……"

将军连连挥手："好啦，好啦，不要说这一大堆令人迷惑的辞令了，你把它带走，让我休息一下吧！"

我还给了他三美元，把狗带到楼下，交给了狗的主人，得到了三美元作为酬谢。

我心满意足地走出去，因为我做了一件光明正大的事。我决不会用那卖狗的三美元，因为狗不是我的。但是从狗主人那里得到的三美元，那才真正是我的，因为那是我赚来的，那位狗主人如果没有我，一定不能找到狗。我这种认识，至今不变，我永远是光荣的。大家知道，在那种情况下，我非那样做不可。正因为这样，我可以永远说这样的话："我决不会用那种来路不明的钱。"

看　画

[美国] 马克·吐温

　　从前，有位画家画了幅十分精美的画，把它挂在一个他能从镜子里看得到的地方，他说："这下看上去距离倍增，色调明朗，比先前更加可爱了。"
　　森林中的众兽从那家的猫嘴里听说了此事。它们对这只家猫向来推崇备至，因它博学多闻，温文尔雅，彬彬有礼，极有教养，能告诉它们那么多它们先前不晓、后来莫测的事。它们被这条新闻大大地激动，于是连连发问，以便充分了解情况。它们问画是什么样的。猫就讲解了起来。
　　"那是一种平的东西，"它说，"出奇地平，绝妙地平，迷人地平，十分雅致，而且，噢，是那么漂亮！"
　　这下众兽激动得几乎发狂，说无论如何要看看这张画。于是熊问：
　　"是什么使得它那么漂亮呢？"
　　"是它的美貌。"猫说。
　　这个答复令它们更赞叹不已，更觉得高深莫测。它们越发激动。接着牛问：
　　"镜子是啥玩意？"
　　"那是墙上的一个洞，"猫说，"朝洞里看进去，你就能见到那张画，在那难以想象的美貌中，它显得那样的精致，那样的迷人，那样的惟妙惟肖，那样的令人鼓舞，你会看得摇头晃脑，欣喜若狂。"
　　驴至此一言未发。这时它开始发出疑问。它说以前从没有过那样漂亮的东西,也许当时也没有。又说,用一整篓形容词来宣扬一样东西的美丽之日,就是需要怀疑之时。

显然,这种怀疑论对众兽产生了影响,所以猫就怏怏离去了。这个话题被搁了几天。但与此同时,好奇心在重新滋长。那种显而易见的兴趣又复活了。于是众兽纷纷责备驴把那也许能给它们带来乐趣的事弄糟了,而这种仅仅对那张画的漂亮产生的怀疑,却没有任何根据。驴不加理睬,安之若素。说,只有一个办法能发现它与猫之间,究竟谁是谁非。它要去看那洞,然后回来报告它的实地所见。众兽感到既宽慰又感激,请它马上去。驴便立即登程。

可它不知道该站在哪儿好,故此,错误地站到画和镜子之间,其结果是那画没法在镜中出现。它回去说:

"猫撒谎。那洞里除了有头驴,啥也没有,连什么平玩意的影子都没见。只有一头漂亮的、友善的驴,仅仅是一头驴,没别的什么呀!"

象问:"你看仔细,看清楚了吗?你挨得近吗?""我看得仔仔细细,清清楚楚。噢,哈撒,万兽之王,我挨得那么近,我的鼻子和它的鼻子都碰上了。""这真怪了,"象说,"就我们所知,猫以前一直是可信的。再让一位去试试看。去,巴罗,去看看那洞,然后回来报告。"

于是熊就去了。回来后它说:"猫和驴都说谎。洞里除了有头熊外,啥也没有。"

众兽大为惊奇和迷惑不解。现在谁都渴望亲自去尝试一下,搞个水落石出。象便一一派它们前往。

第一个是牛。它发现洞里除了一条牛,啥也没有。

虎发现洞里除了一只虎,啥也没有。

狮发现洞里除了一头狮,啥也没有。

豹发现洞里除了一头豹,啥也没有。

骆驼光发现有头骆驼,别无他物。

于是哈撒大怒,说如果亲自前往的话,定会弄个真相大白。

它回来后将它的全体臣民训斥了一顿,因为它们撒谎。对猫的无视道德及盲人摸象的做法更是怒不可遏。它说:"除非是个近视的傻瓜,否则,不论谁都能看出洞里没有别的,只有一头象。"

金星人的挫折

[美国] 阿·布克华德

上星期，金星上一片欢腾——科学家们成功地向地球发射了一颗卫星！眼下，这颗卫星停留在一个名叫纽约市的地区上空，并正向金星发回照片的信号。

由于地球上空天气晴朗，科学家们便有可能获得不少珍贵资料。载人飞船登上地球究竟能否实现？——他们甚至对这个重大问题都取得某些突破。在金星科技大学里，一次记者招待会正在进行。

"我们已经得出这个结论，"绍教授说："地球上是没有生命存在的。"

"何以见得？"《晚星报》记者彬彬有礼地发问。

"首先，纽约城的地面都由一种坚硬无比的混凝土覆盖着——这就是说，任何植物都不能生长；第二，地球的大气中充满一氧化碳和其他种种有害气体——如果说有人居然能在地球上呼吸、生存。那简直太不可思议了。"

"教授，您说的这些和我们金星人的空间计划有无联系？"

"我的意思是：我们的飞船还得自带氧气，这样我们发射的飞船将不得不大大增加重量。"

"那儿还有什么其他危险因素么？"

"请看这张照片——您看到一条河流一样的线条，但卫星已发现：那条河水根本不能饮用。因此，连喝的水我们都得自己带上！"

"请问，照片上的这些黑色微粒又是什么玩意呢？"

"对此我们还不能肯定。也许是些金属颗粒——它们沿着固定轨迹移动并能喷出气体、发出噪音，还会互相碰撞。它们的数量大得惊人，毫无疑问，我们的飞船会被它们撞个稀巴烂的！"

"如果你说的都没错，那么这是否意昧着：我们将不得不推迟数年来实现我们原来的飞船计划？"

"您说对了。不过，只要我们能领到补充资金，我们会马上开展工作的。"

"教授先生，请问：为什么我们金星人耗费数十亿格勒思（金星的货币单位）向地球发射载人飞船呢？"

"我们的目的是，当我们学会呼吸地球上的空气时，我们去宇宙的任何地方都可以平安无事了！"

女 贼

[美国] 罗伯利·威尔逊

他最初注意到那个年轻女子是在排队等候买飞机票的时候。她那乌黑滑亮的长发在脑后挽成一个漂亮的发髻。他极力想看见她的面孔——因为她站在队伍前面——可是直到她买了票后转过身来往外走时他才目睹了她的美貌。他的心跳加快了。那女人似乎意识到他在看她。慌忙垂下视线。

她大约25岁,他想。

他的飞机要一个小时后才起飞。为了消磨时间,他走进机场的一间酒吧,要了一杯威士忌。这时他又看见了那个黑发女子,她站在旅客救护站附近,正在和另一位金发女郎说话。他想以某种方式去吸引那女子的注意,趁她还未上飞机邀她来喝一杯。他相信她也正在偷偷朝他这边张望。不一会儿,两位姑娘分手了,但是她们都没有向他这个方向走来。他只好又要了一杯威士忌。

他再次看到她的时候,他正在买一本杂志以便在飞机上看。起初他很吃惊竟有人与他贴得这么近,但当发现是她的时候,他满脸堆笑,说:"这地方人真多。"

她抬头看了看他,脸好像红了,嘴角却掠过一丝不以为然的奇怪表情,然后离开他加入到人群里。

他拿着杂志站在柜台前,当他伸手去衣袋掏钱时,发现口袋空空的什么也没有了。"我的钱夹呢?那里面可有信用卡、现金、会员证和身份证哪!"他感到一阵恐慌。"那个姑娘贴我这么近"——他一下子明白了,准是她掏了他的钱夹。

怎么办?飞机票还在外衣里面的公文套里。他可以上飞机,到目的地后再打电话叫人开车来接他——因为他连坐公共汽车的钱都没有了——办完事后就飞回家。可是办事需要信用卡。打电话给妻子,要么打电话给公司——太麻烦太复杂了。怎么办呢?

先叫一名警察来,描述一下那女子的外貌。该诅咒的女人,好像对我有点儿意思,故意靠近我挨挨擦擦。我说话时她还红了脸,其实她只在想偷我的钱。她脸红并非害羞而是怕被我发现。该死的女骗子!

这时,他惊喜地看见了那个黑发姑娘。她正靠集散站的前窗坐着,似乎聚精会神地在看一本书。在她旁边有个空位,他走过去坐下。

"我一直在找你。"他说。

她看了他一眼,说:"我不认识你。"

"你当然认识。"

她哼了一声,将书放到一旁。"你们男人都会耍这样的花招,想把我们姑娘当作迷途的羔羊来捕获,是吗?"

"你偷了我的钱包!"他说。

"请你再说一遍!"

"我知道是你干的——在杂志柜台那儿。如果你把它还给我,我们可以将这事儿忘掉;否则,我就将你送交警察。"

她神色认真地打量了他一会儿,然后说:"好吧。"她把黑提包拉过来放到大腿上,伸手进去掏出一个钱包。

他接了过来,"等等,"他说,"这不是我的。"

那女子拔腿就跑,他跟在后面紧追。姑娘左一拐右一拐,他在后面气喘吁吁,他这才意识到自己是多么地老了。忽然,他听见后面有个女人声音在叫:"抓小偷,抓住那家伙!"

他一楞,前面的女子已消失在一个拐弯处了,而与此同时。一个穿海军制服的年轻人伸出一只脚将他绊倒。他重重地摔在地上,手里还紧握那个并不属于他的钱夹。

钱夹鼓鼓的装满了钞票和各种信用卡。原来它的主人就是那位金发女郎——那位刚才还与那个漂亮的女扒手一起谈话的姑娘。她也是上气不接下气,旁边还有个警察。

"就是他!"金发女郎说,"他偷了我的钱夹。"

他有口难言,因为他现在连自己的身份都已无法向警察证明。

两星期后,他的难堪和怒气才渐渐平息,该付给律师的钱也付了。可他那个该死的钱夹却在一天早晨的邮件里出现了。钱夹完好无损,里面不差一分钱,所有的证件都在,但未附任何说明。尽管他松了一口气,但他觉得他今后在警察眼前总会有种犯罪感,在女人面前则会有羞辱感。

一磅奶油

［美国］ 阿瑟

严冬的一个傍晚，佛蒙特乡间的一家杂货店的店主正忙着关门。他站在橱窗外的雪地里上着窗板，透过玻璃窗他看见游手好闲的塞思还在店内转悠着。只见他匆忙地从货架上抓起一磅奶油，迅速地藏在礼帽里，见此情景，店主旋即闪出个念头：应该好好教训他一顿。他不仅惩罚这个窃贼，同时也想戏弄他一下开开心。

"啊，塞思。"店主走进来，把门关上，一边用双手拍打着肩膀，一边跺着脚上的雪。塞思扶着门，因头上顶着的帽子下面藏着那块奶油。所以他急着尽快走出去。

"我说塞思，坐一会儿吧。"店主和蔼地说，"我看，这么冷的夜晚，该喝点什么热乎的东西暖暖身子。"

塞思感到进退两难。一方面他偷了奶油想急于走开，另一方面他还真想喝点什么热乎的东西。当店主抓着塞思双肩把他按到火炉旁边的一个座位上时，他也就不再踌躇了。塞思坐在角落里，他身边堆放着箱子和木桶。如果店主坐在他的对面，那么就是想走也走不出去了。果然，店主偏偏选中那个位置落了座。

"塞思，咱们喝点热乎的吧。"店主说，"不然这么冷的天没等你到家就会冻僵的。"他一边说着，一边打开炉门，向里面塞劈柴，直到塞不进去时才停下来。

塞思感觉到奶油开始顺着他的头发往下淌，他已经没有心思再喝什么热乎的东西了，他站起来坚决要走。

"不喝点东西是绝不能让你走的。来，我给你讲个故事。"塞思被一定跟他过不去的店主按回了原来的座位上。

"嗨，这里太热。"塞思再次起身要走。

"坐下。坐下，急什么。"店主又把他按回到椅子上。

"我要回去喂牛、劈柴呀，不走怎么成呢？"窃贼心急如焚地说。

"何必非走不可呢？塞思，坐下吧！管它牛不牛的，反正死不了。我看你好像有什么心事似的。"店主佯装不知地笑着问道。

塞思无可奈何地坐在那里。他知道，下一步该是店主拿出两只玻璃杯，倒上热气腾腾的饮料了，此时，塞思早已热得难忍，再看到热气腾腾的饮料，要不是头发上打过发蜡和被奶油粘住的话，头发肯定会竖起来的。

"塞思，我给你拿块烤面包来，你自己涂奶油吃吧。"店主用诚恳的语调说，竟使可怜的塞思不会相信自己被怀疑偷了东西，"再吃点这圣诞鹅肉，怎么样？跟你说，这可是少有的佳肴。塞思，这可不是用猪油或普通的奶油烤出来的，来，塞思，尝尝奶油——我的意思是尝尝饮料。"

可怜的塞思吸着烟，头顶上的奶油不停地融化而往下淌着，他几乎张不开嘴了，也无法说话了，好像生来就是个哑巴似的。礼帽里的奶油一股股地从头上淌下来，湿透了紧紧缠在脖子上的手帕。

成心捉弄人的店主随便地谈笑着，好像什么事也没有似的。他不住地往炉炉里塞劈柴。塞思背靠柜台直挺挺地坐着，膝盖几乎要碰到烧得通红的火炉。

"今晚可真够冷的了。"店主漫不经心的，过了一会儿，才十分惊讶地说，"哎呀，塞思，你怎么出这么多的汗，就好像刚从游泳池里爬上来似的！你干嘛不把帽子摘下来？噢，我替你摘下来。"

"不必了！"可怜的塞思心里很不是滋味，他一分钟也不能再忍受了，"不行，我得马上走；请让我出去，我不舒服。"

奶油那粘粘的液体顺着他的面颊、脖子往下淌着，浸湿了他的衣服，一直淌到他的两只靴子里。他从头到脚洗了个奶油澡。

"那好吧，塞思，非要走我就不留你了，晚安。"这位幽默的佛蒙特人说。当他的那位不幸的受买落者匆匆走出门的时候，他又加了一句："我说塞思，我认为我把你戏弄得够难受的了，所以就不再向你讨还藏在礼帽里的那磅奶油钱了。"

坐

[美国] 弗朗西斯

有一天早上,他看到一男一女坐在他家门前的台阶上。他们整天坐着,连位子也不移动一下。

每隔一会儿,他就透过门上的格子玻璃窥看一下那一对男女。

天黑了,他们仍不离去。他感到疑惑,很想知道他们到底在什么时候吃饭,什么时候睡觉,什么时候做他们的事情的。

天亮了,他们仍然还坐在那儿。不管天晴或下雨,他们始终坐在那儿。

起先只是隔壁的邻居打电话问他:"他们是谁?在那儿干什么?"

他也一无所知。

后来,街坊邻里都打电话询问,连看到这一情景的过路人也打电话询问。

他从未听到那一男一女讲过话。

接着他开始接到全城各处打来的电话。打电话的当中有陌生人,也有市参议员;有专门职业者,也有办事员;有杂务清洁工,也有不得不绕过这一男一女给他送信的邮递员。他必须采取点行动了。

他要求他们离开那儿。

他们置之不理,只是一声不吭地坐着,眼睛茫然地凝视着前方。

他说他要叫警察了。

警察把他俩训斥了一番,说明了他们的权利后,就把他俩押进警车带走了。

第二天早上，他俩又回来了。

他又叫来了警察。只要他坚持，警察就必须给他俩找一个去处。但警察却说，要是监狱不怎么拥挤的话，就把他俩送进监狱。

"那是你们的事情。"他对警察说。

"不，这其实是你的事情。"警察告诉他。但警察还是带走了那一男一女。

次日早晨，他向外张望时发现那两人又坐在他家门前的台阶上了。

连续好几年，那两人每天都坐在那儿。

每到冬天，他总希望他俩被冻死。

然而，他自己却先死了。

他没有亲人，因此他的房子就归公了。

当市政当局打算要赶他俩走的时候，街坊邻居和不少市民对市政府当局提出了控告。既然他俩在那儿坐了那么长的时间，他俩有权得到这幢房子。

结果原告胜诉，那一男一女继承了这幢房子。

判决后的第二天早晨，全城所有房子前的台阶上都坐了陌生的男男女女。

共进晚餐

[美国] 克里斯托弗·莫利

作家罗伯特·厄威克尽管经常听到种种赞词，但对奉承话尚未达到无法领受的程度。所以，当他阅读下面这封书信时，心情仍是相当愉快的。

罗伯特·厄威克先生：

亲爱的先生，我读完了您发表在《周末之夜的棍子》杂志上的小说。这并不意味着我能买得起这类期刊，不过我还是从公园的长椅上把它们选购回来了。厄威克先生，我是个穷光蛋，但却养成了读文艺作品的嗜好，我要说，您那篇题名《钢铁拳手》的短篇小说堪称上乘佳作，为此我向您谨表祝贺。厄威克先生，这又使我想起另一件事，我早就想为此给您写信，可又怕打扰您。有时候，我也提笔写点东西，但愿这一点能激起您对一个不幸的艺术工作者的同情。我是个穷光蛋，没有工作，不过这不是我的过错。我有个病婆娘，好长时间以来我一直整夜整夜寸步不离地守护着她，所以也就无法去从事我那耗费脑力的工作了。厄威克先生，我有一个病婆娘和七个孩子，得养活他们，马上又该交房租了，房主老拿撵我们出去相威胁。我和我老婆一心只盼望着在不久的将来，当第八个孩子出世时，上帝会赐福于我们，出于对文艺的酷爱，我们用作家的名字给我们的孩子命名：鲁法亚尔德·吉白林、马克·吐温、杰克·伦敦、欧文·科布、罗伯特·史蒂文孙、法兰西斯·布利特·哈特、哈丽特·俾切一斯陀。由于您丰富了文学宝库，为了表示对您的敬意，我决定把这个即将诞生的孩子起名叫罗伯特，如果是男孩就叫罗伯特，如果是女孩就取名厄威克。这就是说，在我们家里您等于是一位教父。在这种情况下，我不知您是否愿意给那个将以您的名字命名的教子定做一件小小的礼物。比方说拿出二十美元就行，不过如果可能的话不要用支票，因为我暂时遇到一点麻烦，银行里封存了我的帐户，所以对我来说，用现款买日用品比较方便。

　　有一次，我已经把这封信写好了，但又把它撕掉了，我不想打扰您。可是眼下这种穷日子迫使我不得不开诚布公地把一切都告诉您。盼望您写出许多像《钢铁拳头》这样优秀的作品，把我们的文学宝库打扮得更加漂亮。

　　　　　　　　　　永远忠于您的亨利·菲利普斯
　　　　　　　　　　东34街454号

这封足以显示他那卓越才华的来信，厄威克先生一连读了两遍，然后笑了笑，望望自己的钱夹子，从中取出一张崭新的十美元纸币，装进一个信封，准备给自己的崇拜者寄去。随款还附上一封态度友好的短简，以祝福那个用他的名字命名的、即将出世的婴孩。

约摸过了两个礼拜，一天早餐时，厄威克在桌上发现了一张满是油渍的明信片，上面写道：

亲爱的好朋友：

　　孩子生了，特别使人高兴的是生了个男孩，已经给他做了洗礼，取名罗伯特·厄威克·菲利普斯。但十分遗憾的是这孩子身体虚弱，大夫让给他服用波尔特温酒，大夫说不然他就活不了啦。我和我老婆收到您寄来的丰盛礼物，感到非常幸运，真希望这孩子赶快长大，好告诉他谁是他的恩人。您能否给我们寄五美元来，好买波尔特温酒？

非常感激您！

亨利·菲利普斯

罗伯特·厄威克感到诧异：怎么能让新生婴儿服用波尔特温酒呢？有一天早晨，他去市中心办事，便决定顺便去看看这位菲利普斯先生的住所，看看他的教子近况如何。假如那孩子果真有病，他也许还要捐助一小笔钱，以保障孩子进行必要的治疗。

按照地址，他找到了一座被许多酒馆层层包围起来的、破旧不堪的房子。有个衣衫褴褛的小姑娘给他指了指菲利普斯先生家的门。厄威克敲了几下，没人应声，他便推开门走了进去。

菲利普斯的住所包括一个小房间、一张床、一盏煤油灯和一张堆满信纸、信封的桌子。在这里，菲利普斯夫人也好，教子也好，其余那七个下一代也好，连个影子也没有。厄威克走到桌子旁边。

显而易见，菲利普斯的文学才能是极其有限的，这一点从那几封已经开了头、分别写到不同程度的信件可以看得一清二楚。不过，所有这些信的内容都跟他写给厄威克的那封信一丝不差。美国许多作家都是菲利普斯的收信人，在每封信中，菲利普斯都建议用帕尔纳斯某位老住户的名字来为即将出生的婴儿命名。桌子旁边堆着一堆旧杂志，看来精明能干的菲利普斯先生就是从里面搜寻到他所爱戴的作家的大名的。

厄威克阴沉地冷笑一声，踮起脚尖走出房间。在楼梯上他遇见一个体态臃肿的女清洁工，便向她打听菲利普斯先生结婚了没有。

"威士忌酒——这就是他的老婆跟孩子。"那女人回答。

一个月之后，厄威克在《周末之夜的棍子》杂志上发表了一篇以菲利普斯为主人公的小说，得了五百美元，小说登出后，他给罗伯特·厄威克·菲利普斯的那位父亲寄去一份刊物，并附上一张便函：

亲爱的菲利普斯先生：

我应该找您四百九十美元。

有空请到我这里来玩，咱们共进晚餐，我请客。

爸爸最值钱

[美国] 布赫瓦尔德

一天,我从儿子房间旁经过,听见儿子正在打字。

"想写点什么呢?"我问他。

"正在写回忆录,描述作你儿子的感受。"

听了他的话,我的心里甜丝丝的:"写吧,但愿在书中我的形象不坏。"

"放心吧,错不了!"他说,"嗨,爸,商量件事。你把我关进牛棚,用你的皮带抽我,像这样的事,我应该在书中写几次啊?"

这使我愕然:"我从未把你关进牛棚,也没有用皮带抽你啊!再说,我们家压根儿也没有一个牛棚。"

"我的编辑说,要想使书有销路,我应该描述诸如此类的事:当我做错事的时候,你狠狠地揍我,继而又把我关进厕所。"

"可我从来没有把你关起来啊!"

"那是事实。但编辑指望我的故事能使读者大开眼界,就像加里·克罗斯比和克里斯蒂娜·克劳索德写的关于他们父母的故事那样。他认为读者想了解你的私生活——你的庐山真面目。现在儿辈们都在写这方面的书,而且都是畅销书。假如我也把你描述成一个堕落的父亲,你不会反对吧?"

"你一定要这样做吗?"

"是的,必须如此。我已经预支了一万美元,他们的条件是我必须揭露你的隐私。你可以读一读我写的第二章。内容嘛,是你在一次演讲会上闹出了大笑话，会后你酩酊大醉地回到家中，把我们所有的人都从床上轰了起来，逼着我们刷地板。"

"你知道得很清楚，我从来没有这么干过。"

"哎呀，我的爸！这只不过是一本书。我的编辑喜欢这样的书。第三章最中他的意了。那一章中，你对母亲拳打脚踢，大耍威风。"

"什么？我揍了你母亲？"

"我并不是说你真的伤害了母亲。不过，我还写了我们几个小孩惯于藏在毛毯底下，这样我们就听不到母亲挨打时那种声嘶力竭的叫声了。"

"天哪，我从未打过你母亲啊！"

"可我不能这么照搬事实。编辑说过，成年人是不会花十五六美元去买《桑尼布鲁克农场的丽贝卡》的。"

"好吧，就算我用皮带抽了你，揍了你母亲。除此我还做了些什么？"

"对了，我正在第四章中写你拈花惹草的事呢。假如我写你常在凌晨三点钟把那些歌舞女郎领进家门，你说人们会不会相信？"

"我敢肯定，人们会相信的。但即使这是一本畅销书，难道你不认为这太离谱了吗？"

"这是我的编辑的主意。平时，你没有粗暴待人的恶名声，这样一写，读者才会真正感到惊奇、刺激。对你不会有什么损害的。"

"对你是没什么损害，但对我可如同下地狱了！"我再也按捺不住，冲他吼叫起来，"那我究竟做了点好事没有？"

"有。其中有一章我特别写到你为我买了第一辆自行车，但编辑让我删去了。因为我也写了圣诞节的事。那次，我跟你顶嘴，气得你把一碗土豆泥统统扣在我的脑门上。编辑说这样的两码事写在一起是会把读者搞糊涂的。"

"那你为什么不写仅仅因为你数学考试得了'良好'，我就用冷水把你从头淋到脚？"

"你说得好。那我就这样写：一次我得肺炎住院，你这位当爸爸的甚至连看都不看我。"

"看来你是想把你的父亲以一万美元出卖了？"

"不仅是为了钱。编辑说如果我把一切都捅出去，那就连巴巴拉·瓦尔德斯都会在他主持的电视节目里采访我,那时我就再也不用依靠你来生活了。"

"好吧,如果这本书真会带给你那么多的好处,你就干下去吧。要我帮忙吗?"

"太好了,就一件事。你能不能给我买一台文字加工机?如果我能提高打字的速度,这本书就能在圣诞节前脱稿。一旦我的代理人把这本书的版权卖给电影制片商,我就立即把钱还给你。"

"帕罗"先生

[美国] 威廉·巴雷特

莱里和我都是煤气厂里的低级管理员,也就是一般职员。我和莱里面对面地使用同一张双人办公桌,凡是报表、文件一类的东西都送到这张桌子上来。城里的总部发给我们一堆堆多得难以应付的指示、规章,要我们贯彻执行。

在厂里,除了墨西哥工人以外,谁也不把我们低级管理员放在眼里。对于这些工人来说,我们是遥远而神秘的雇主的化身。我们被称为"帕罗(英文:发放工资的名单)先生"。这些墨西哥人很能干。他们中间最有贵族气派的是司炉,他们在蒸馏器的酷热之下不折不扣地干八个小时:他们用大铁锹铲起煤,以不可思议的准确性向小小的炉门投进去。煤就像从高压喷嘴冲出的黑色的水流一样从铁锹上甩出去,从来都不偏过狭小的炉门。司炉们光着膀子干活,他们感到自豪和尊严。只有不多的人才能胜任司炉的工作,他们就是属于这"不多的人"的里面。

公司一个月只向雇员发两次钱,每个月的五日和二十日。对于一个墨西哥人来说,这简直荒唐。什么人能用手里的钱维持十五天?如果谁花了三天以后还有剩钱,那他就是小气鬼——而且,先生,什么时候西班牙人的血液在小气鬼的血管里流淌过呢?因而我们的司炉们有个习惯,每三、四天就要来领取他们的工钱。

公司的规章有一定的灵活性。莱里和我把一些必要的表格送给总部,就收到一笔预支的工资。后来,有一天,城里发给我们一份便函:"鉴于有许多人滥用预支工资的特权,特此决定从今以后,除非发生真正紧急情况,任何雇员不得预支工资。"

我们刚把通知贴起来,司炉朱安·加西亚就来了。他要求预支工资。我让他看那张通知书。他一字一句慢慢地读了一遍,然后问:"这个是什么意思——这个'真正紧急情况'?"我耐心地向他解释公司是好意的,是通情达理的,但是每隔几天就发工资的确是个麻烦事儿。如果有谁病了或由于其它合情合理的原因急需用钱,那么公司可以给他个例外。

朱安·加西亚用他的一双大手把帽子揉来揉去:"我拿不到钱吗?"

"到下次发工资的日子来吧!朱安,到二十日再来。"

他默默地走了出去。我感到有些羞愧。我看了一眼坐在桌子对面的莱里,他避开了我的目光。在接下来的一个小时里又有两个司炉走进来,读一遍通知,要我们给解释一遍,然后严肃地走了出去,接着就没有人来了。我们不知道,朱安·加西亚,皮特·曼多札和弗朗西斯科、贡沙列兹已经把话传开了,此刻工厂里的墨西哥工人正在彼此解释着这个指示。"现在非要等妻子生病、孩子要吃药的时候才能拿到钱。"

第二天早晨,朱安·加西亚的妻子生命垂危,皮特·曼多札的老母几乎活不过这一天了,孩子们中间流行着真正的"流行病",唯一不同的花样是:有一个生病的老父。我们一直怀疑那个老头是否真的病了,要不是有这件事儿,哪个墨西哥人也不会想起他来。不管怎么说,没有人雇佣我和莱里调查别人个人的生活。我们造好表格,专用一栏写明这些"紧急情况",这些工人得到了他们的工钱。这样过了一个星期。又来了新指示,简单明了:"从今以后只在每月五日和二十日向雇员支付报酬。除非雇员辞去本公司的工作,不得有例外。"

通知贴到了通知板上,我们严肃地解释这条新指示。"不行,朱安·加西亚,我们不能给你预支工资。我们知道这对你老婆、你堂兄妹和你的姑妈、姨妈不好,不过这是新规定。"朱安·加西亚走出去,把这事儿考虑了一番。他和曼多札、贡沙列兹和阿亚拉一起把这事考虑来考虑去,然后,到了早晨,他又回来了。"我要离开公司到其他地方工作。可以发我钱吗?"我们劝他,说这是一个挺好的公司;公司对待它的雇员就像对待自己的孩子一样。不过到后来我们还是给他发了钱,因为加西亚辞去工作了。贡沙列兹、曼多札、奥布雷根、阿亚拉和欧台茨，这些无法取代的最好的司炉，都辞职了。

我和莱里面面相觑：我们知道再过三天会发生什么事。我们的职责之一就是每天大清早坐在等候雇佣的一排队伍前，雇佣临时工去顶替一群出色的工人。凡是有力气一跤不跌地走过来要求找活儿干的，我们都要。

每天监工都绝望地绞着手问上帝，是否得由他亲手来铲这该死的煤，而同时在那一排呆头呆脑地耐心等待的队伍里面却站着熟练的工人——加西亚、曼多札，还有其他的人——等待受雇。当然，我们雇他们。没别的办法。每天我们都有一队司炉辞职，同时又有一队司炉要求工作。我们的表格工作变得很复杂。在总部，他们气得窜上跳下。记录着朱安·加西亚一次又一次的辞职和受雇的表格像游行队伍一样往他们那儿涌，使他们难以忍受。有时候，总部有人填写加西亚的辞职记录慢了一些，在工资表上就同时有了两个加西亚。我们的电话整天响个不停。

我们宽容耐心地解释着："如果一个人要辞去工作，我们也没有办法。厂里需要司炉，如果有司炉，我们就雇佣他们。"

混乱之中，城里又发布了一个指示。我读了一遍，吹了声口哨。莱里看了看，说："这儿马上就要安静下来了。"

指示说："从今以后，辞职的雇员在三十天内不得重新受雇。"朱安·加西亚又到了辞职的日子了。他走进来的时候我们把指示指给他看，向他解释说如果他今天辞职，那么明天他站在队伍里面也没用了。"三十天可是挺长的时间哪，朱安。"这是件严重的事，他需要时间考虑一下。贡沙列兹、曼多札、阿亚拉和欧台茨都花时间考虑了一阵。但最后他们都转回来了——全都要求辞职。

我们尽力劝说他们，我们为他们的离去感到惋惜。这一次是永远地离开了，他们庄重地和我们握手道别，表示和我们相识他们感到很高兴。他们走后，我和莱里面面相觑，我们都知道我们俩谁也没有促使城里赢得这场决斗。这是令人沮丧

可是到了早上，他们重又站到队伍里来了。朱安·加西亚一本正经地告诉我，他是一个司炉，要求工作。"不行，朱安，"我说，"过三十天

再来吧。我警告过你的。"他的眼睛一眨不眨地看着我的眼睛。"你搞错了，先生。"他说，"我是马尼埃勒·荷南代兹。我在普韦布洛和圣菲，还在许多别的地方干过司炉的活。"

我瞪大眼睛看着他，想起了他生病的妻子和需要吃药的孩子，住院的丈母娘，许多次的辞职和重新受雇。我知道在普韦布洛有个煤气厂，圣菲没有煤气厂。但我凭借什么去和一个人争议他的姓名呢？司炉就是司炉。

所以我雇佣了他。我也雇佣了贡沙列兹，他赌咒发誓说他的名字叫加莱拉，还有阿亚拉，他毫不羞愧地变成了"史密斯"。

三天后，辞职又开始了。

不出一个星期，我们的工资表读起来就像一部拉丁美洲的历史。上面所有的人都有：洛佩斯和奥布莱根、维拉、迪亚斯、巴蒂斯塔、戈麦斯，甚至还有圣·马丁和博利瓦尔。到最后，莱里和我对这套熟悉的面孔填写着陌生名字的手续感到厌烦了，我们去找主管人，告诉他事情的前后经过。他好不容易才忍住笑，说道："真是胡闹!"

第二天，这些指示被撤回去了。我们把我们最出色的司炉们招到办公室来，把通知板指给他们看。现在什么规定都不见了。

"下次我们雇佣你们这些鬼家伙的时候，"莱里严肃地说，"使用你们最愿意使用的名字，因为你们将要以那个名字留在名册里面了。"他们看了看我们，又看了看通知板，在这场旷日持久的斗争中他们第一次露出白色的牙齿笑了。他们用西班牙语说："是，先生。"

这场风波就这样平息了。

赤身裸体的男人

[巴西] 费尔南多·萨比诺

他刚刚醒来，便对妻子说：

"喂，亲爱的，今天是赊购的电视机交款的日子。商店的人准会来讨账。可是，我昨天没有带回钱来，身上一分钱也没有。"

"那就向他解释解释吧。"妻子说。

"我可不爱干这种事，像是骗人似的。丁是丁，卯是卯，我喜欢一丝不苟地履行自己的许诺。这么办吧，他来了以后，我们静静地呆在屋里，不出一点儿响动，他就会以为屋里没人。等他敲门敲烦了，自然就会走。明天我一定付款。"

过了一会儿，他脱下睡衣，准备去洗澡，可是妻子早已经在里边，把洗澡间的门反插上了。没有办法，只好等一等，利用这点时间冲杯咖啡。

送面包的人已经把纸口袋放在门口的大理石台子上了。水还没有烧开，先把它取回来。一丝不挂，赤身裸体，太不雅观。不过天色还早，不会有人出来。他打开门，小心翼翼地朝左右张望一番，鼓足勇气，迈出了两步。不料手指刚刚碰到盛面包的纸袋，一阵风吹来，身后的门"嘭"的一声关上了。

他大吃一惊，慌忙转过身按了按门铃，一边等着妻子开门，一边焦急地朝四周张望。门没有开，反而听见屋里淋浴喷头"唰唰"的水声突然停止了。糟糕，妻子肯定是把他当成了收电视机款的人。

他用手指轻轻敲着门,低声说:

"玛丽娅,开门!玛丽娅,是我!"

他越是敲,屋里越是安静。

这时候,楼下传来电梯关门的声音,从指示灯上可以看出,电梯正缓缓上升,一层,又一层……这回大概是收电视机款的人来了。

万幸,不是收款人。他躲到楼梯下边,等电梯过去以后,又回到门口,哆哆嗦嗦的手里还拎着面包口袋:

"玛丽娅,请开门!是我!"

不等他继续乞求,楼梯下边就传来慢慢腾腾、有节有奏的脚步声,有人上来了……他吓得六神无主,张惶四顾,猛地翻个跟头:光着身子,手里提个纸袋,活像是蹩脚的芭蕾舞演员。脚步声越来越近,他无处躲藏,急中生智,揿下电梯的按钮。门开了,他刚刚窜进电梯,女佣人就不慌不忙地爬上了这一层,接着又朝上面走去。他如释重负地松了一口气,用面包口袋擦了擦额上的冷汗。但事情并没有结束。门关上以后,电梯开始下降。

"哎呀,不好!"赤身裸体的男人更加惊皇失措。

现在该怎么办?到了下边,要是有人把电梯门打开,发现他赤条条地站在里边……也许是邻居,熟人……虽然昏头胀脑,他还知道离他的房间越来越远,觉得正在经历一场不折不扣的卡夫卡式的恶梦。最惊险、最恐怖的场面莫此为甚!

"不好!大事不好!"

他拼命抓住电梯门,用力拉开。电梯在两层楼中间停住了。他深深呼了一口气,闭上眼睛,体会体会眼下这如梦似幻的感觉。接着,又揿下他那一层的按钮。楼下有人还在不停地按动电钮,招呼电梯。先下手为强:"紧急停车!"太好了。那么,现在呢?是上还是下?他战战兢兢地松开紧急制动,让门关上,紧紧按住他那一层的按钮。

谢天谢地,电梯终于上来了。

"玛丽娅!给我开门!"他把一切顾虑都抛到一边,大声咆哮,用力砸门。突然听见背后一扇门打开了。他转过身,后退一步,紧紧靠在自己家的门框上,无济于事地用面包口袋遮掩赤条条的身子。原来是隔壁的一位老太太出来了。

"您好，太太。"他尴尬地说，"这……我……"

老太太吓得魂飞魄散，大叫一声：

"上帝呀，救救我吧！送面包的人光着身子呢！"

说完，赶紧跑回屋里，抓起电话向步话机巡逻队报警：

"门口有个赤身裸体的男人！"

别的邻居听到喊声，都跑出来看热闹。

"是个疯子！"

"您看，太可怕了！"

"别看，亲爱的，别看，我马上就进去！"

玛丽娅——这个可怜虫的妻子——终于把门打开了，也想看看究竟是怎么回事。赤身裸体的男人像一枚火箭似的冲进屋里，急忙穿上衣服，再也想不到要不要洗澡。

几分钟以后，外面恢复了平静。突然又响起敲门声。

"大概是警察来了。"他喘着粗气，把门打开。

唉！不是警察，是收电视机款的人！

电 话

[巴西] 安德拉德

"先生,您就是这位先生吗?"
"什么?"
"我是在问您到底是谁?"
"埃瓦利多·佩斯塔那·德马托斯,听从您的吩咐。"
"这名字我已从身份证上看到了。但是登记表上写的是阿培尔·赛登布里诺·德马托斯。"
"他是我的祖父。"
"那请您回去对您祖父说,让他自己带着身份证来。"
"先生,这个我不能去说。"
"不能?为什么?"
"因为他在1952年就去世了。"
"既然已经死了,那什么也用不着办了。这张登记表作废了。"
"怎么就作废了?贵公司只是今天才在报纸上通知他前来的。"
"是这样的,小伙子,公司通知他,是以为他还活着,既然人已死了,这张通知也就失效了。懂吗?"
"不懂。公司是今天才通知他的,而我,是代表我祖父前来付费,他在二十四年前就申请安装这只电话了,那时候我还是个抱在怀里的婴儿呢,并且我还是他的教子。"
"先生,您是在开玩笑吧,您祖父再也用不着电话了。"
"但是我用得着,我是他的孙子。你不是也活在这世上吗?这张登记表在我家保存了四分之一个世纪。当我的祖父感到左腹部有一处疼痛时,曾把我父亲叫到身边对他说:'埃特尔佩尔多,从床头柜的抽屉里把我的电话登记表取出来,小心地收藏好。我没法留给你一架电话,但我把这一希望留给你。我的孩子,别把这张表卖了换什么钱,答应我这个最后的要求吧!'说完他就咽气了。"

"真动人,可是……"

"等等,还有哪。我父亲把这张纸片珍藏了十三年,但他也走了,可怜的人。临别之际,他对我作了同样的嘱托。我这是在完成家庭交给我的使命,对我来说这是件神圣的事情。我已经把登记表交给你了,请给我电话机子,公民。"

"喂,你这个人,这张登记表是阿培尔·赛登布里诺·德马托斯的。"

"我知道,他是我祖父,我父亲的父亲。这张登记表是作为家庭的财产转交给我的。"

"作为什么?难道它被列入了财产清单?先生,您有家产分配证书证明这个吗?"

"我父亲是我祖父的独生儿子,我是我父亲的独生子,这张表除了我,还能留给谁呢?"

"我怎么能知道您是独生子还是另有一群兄妹,公司根本没有兴趣了解谁是谁的独生子。您知道吗?话扯得太远了,我要叫下一位了。"

"请先接待我。不要逼得我去电视台为我祖父的权力申辩,也别逼我去请律师……那好,我走,我去请律师。"

"悉听尊便,您想干什么就去干吧!"

"我想要我祖父在1943年就申请安装的电话!"

"走开,吃饱了撑的!"

"什么?"

"我说过了!吃饱了撑的!"

"我感到真难受……左边一样东西……一片云雾……一阵头晕……我们从第二次世界大战起就开始等呀等,可到装电话时,哎啊我的主啊,天主在呼唤我到他的怀抱里去……别跟我这样,至少让我能叫辆出租汽车回家去,把这张登记表交给我的儿子多尼科……谁知道有一天他也许会……"

要涨价了

[土耳其] 阿吉兹·涅辛

昨天，我家来了一位客人。谈话间他问："你家有方块糖吗？"

"有，昨天买了一千克。"

"你们真傻，一千克有什么用。听说最近方块糖的价格要涨一倍，应该多买几袋存起来。"

话音刚落，又来了一位熟人。他问：

"你们买煤油没有？"

"还有一些。"

"据说，过一段时间煤油就不好找了。你们为什么不赶快买？要买它个一二十桶藏起来。"

第二天，又来了一个熟人，他一见面就问："你们买茶叶没有？"

"买了一包。"

"一包管什么用！快去买五六十包吧！一个星期以后，你想买也买不到手了。"

我的朋友和他们唱的是一个调。他关心地对我说："你知道大豆的事吧……赶快买回十袋八袋的。听说过一两天大豆就要涨价了。"

这时又有一个邻居进了屋。他也问："你们有肥皂吗？"

"可能还有一两条。"

"哎呀，你们不知道这个世界正在发生的事情吗？现在人们在商店抢购肥皂呢！"

又有一个邻居提醒说:"你要想方设法买点橄榄油,有人说橄榄油也要涨价,现在应多买几桶放下。"

假如我听信亲朋好友的话,那我的这间小屋会变成食品仓库,我们非住旅馆不可。他们说的满口都是"藏起来"、"存起来",不说买一两千克,而说"用麻袋买"。

但是,仁慈的上帝没让我受这个罪,很轻松地救了我。因为我们没有那么多钱买这些东西。我们仍旧论斤论两地买着,照常生活着。

如果有人问:"买方块糖了吗?"我们就说:"已经买了一百千克。"

"茶叶呢?"我满不在乎地说:"够我们用,买了一百包。"

实际上有些人一听到"涨价",就不管三七二十一,恨不得把商店里的东西抢购得一干二净。

而拿我个人来说。没有开私人仓库的家业。但是对"涨价"这一事我也采取了一些措施。我坐上从叶仁库叶到哈里得库叶的班车来回走了一整天,昨天也一直坐到他们下班。

"对不起。"售票员说,"这是我们第八次通车,你怎么还坐着,到底在哪个站下车?"

"我一直坐到你们下班。"

"为什么?"

"你千万别说出去。听说最近车票也要涨价……因此,我想趁车票还便宜的时候,痛痛快快地多坐几趟。"

人 质

［日本］星新一

夜幕将临。这里是街心公园的一角。若是在平时,从这里可以饱赏一番和平安宁的景色,可现在却不行了。四周枪声大作,弹丸携带着金属器的声响胡乱飞舞。枪声刚止,紧接着从警车扩音器里传来了威严的吆喝声:

"你被包围了,跑不掉了。抵抗是没有用的。不举手出来,我们就要毫不留情地开枪了!"

在逃犯是个乘银行关门之际独自袭击并抢获巨款的强盗。警察把他追逼到此地。他已经成了网中之鱼,扩音器里的喊声似乎很自信地宣告了这强盗的末日即将来临。

平静了片刻之后,从丛林里传出声音:

"请等一下,不要开枪。"

"那好,你快举起双手乖乖地投降吧!"

"不,那可不行。"

"你胡说些什么?你想找死吗?要不然,我们就要开枪了。"

"不能开!"

"为什么?难道你还有什么理由吗?"

"当然有,我告诉你们,这里有人质。"

警察们一下子愣住了,谁也没吭声。真没有料到好不容易追赶到这里,会出现这种事情。强盗站了出来,以胜利者的骄傲的口吻大声说:

"来吧,你们还想打吗?谁敢开枪,这小孩也将与我同归于尽。"

那孩子从被抱着的样子看好像还很幼小。他用幼稚天真的声音,悲哀地哭诉道:

"喂,快救救我呵!我想回家去。"

听到这呼声,警队不敢前进半步,慌忙商量对策,又开始叫喊道:

"知道了。你这家伙真卑鄙。"

"也许我是卑鄙的。但是不这么做我就得束手待擒呀!"

"好了,别罗嗦!快把孩子交出来,你不能伤害他。"

"别跟我开玩笑,这可办不到。我要离开这里。"

"行,这次就饶恕你。不过,你得先把孩子放了。"

"你们别把我当做傻瓜。交了人质后,你们能说,'喂,走吧'?我可从来没听说过这等便宜事。我才不会上你们的当呢。"

"那你说怎么办?"

"给我准备一辆摩托车,要备有足够的汽油,我就驾驶它脱身。我把孩子背在身上,你们如果从背后射击,子弹会打中他,还有,如果你们在摩托车上搞鬼,万一出了故障,就关系到孩子的生命,后果由你们负责。"

强盗详细地提出了要求后,那孩子又一次发出了悲哀的呼救声。事情到如此地步,警察已无能为力了,只得照办。

"我们满足你的要求。不过这孩子的安全怎么办?"

"不用着急。只要我脱了身,就不想伤害他,我是个强盗,可并不是杀人魔鬼。交还孩子的地点,我以后会用电话通知你们的。"

"你如果伤害了孩子,我们会布下天罗地网搜捕你。一旦抓住,会处极刑的。"

"这些我都明白,我只想携钱脱身,不想再罪上加罪了。"

"你可得守信用啊!"

警察叮嘱了一句后,就答应了他的要求,把一台引擎起动着的摩托车留了下来,警队向后撤退。强盗把包提在手上,飞身上车,全速冲出了包围圈。想开枪也不能了,因为他身上还背着孩子。

他终于消失在暮色茫茫之中了。逮捕虽然失败了,可是还好没出人命案子。

搜查本部正在焦虑地等待着电话，他果真会遵守诺言吗？万一有个好歹，不仅无法挽救，还要追究责任问题。

这里笼罩着一种难以忍受的、思绪纷乱的气氛。正当它达到高潮时，电话铃响了。一个警察飞步上前，抓起了话筒。不错，是那个强盗的声音。

"真感谢你们帮我脱了险。那台摩托车该怎么处理？作为奉送之礼，不还可以吗？"

"还是先说说孩子的情况吧。你得守信用交还孩子。大家都挺焦急呢。"

"那孩子的家属也焦急吗？"

"嗯，这么说来……"

搜查本部的警察都歪着脑袋纳闷了。想起来也是，迄今还没有一个人慌慌张张地跑来说，那是我家的孩子而要求认领的。那么这人质是谁呢？电话里传来声音：

"此人是不存在的，那是用橡皮制成的，吹足气后就会鼓起来。""你说些什么……""你知道我为什么要干强盗这勾当吗？因为我是个声带模拟艺人，而单凭这点雕虫小技是无法生活下去的。我想，你们会体谅这一点吧？""你真会行骗！""不，我是守信用的。我准备把人质邮寄给你们。"电话的声音又变成了刚才那孩子的声音："我讨厌警察，好容易回来了，我可不想再去。"接着是一阵充满稚气的笑声。

果 然

[日本] 星新一

N先生在山林深处的一家小旅馆里住了下来。据旅馆老板说，由于新修筑的游览公路径直通往山的对面。因此到这儿来投宿的旅客已是寥若晨星了。先生虽然为求清静安宁而来，但也因过于冷清而感到有些寂寞了。

半夜里，N先生忽然被什么声音惊醒了。好像从走廊那儿传来谁的脚步声，还有女人的啜泣声和男人低沉的嘟哝声。N先生翻身跃起，开灯推窗，但连半个人影都没看到。他疑神疑鬼。辗转反覆，直到天亮都没合上眼。

翌日，他对老板诉说了夜里遇到的怪事。老板皱着眉头小声地说："果然听到声音了吗？"

"听你这口气，好像是事出有因。快告诉我吧。这样下去我可真受不了啦。"

"是这样，很久以前，这一带的一位王爷在城池失守时，叫这儿的一个小伙子为他把财宝埋藏在山里了，但事成之后为灭口又杀害了他。"

"历史上这种事情也是屡见不鲜的。"

"可小伙子那新婚燕尔的娇妻悲恸万分，竟悬梁自尽了。后来，这对苦命人的阴魂就时常显灵，哀告不已。倘能烧香供佛，也许会平安一阵子。但小店近来生意萧条，实在是无力筹措香资。所以……"

"原来如此。怪不得那声音里充满了怨恨，令人毛骨悚然呢。"

"假如先生把这事传扬出去。小店就愈发门可罗雀了。恐怕连我也只好上吊啦。请费心为小店保密。您这次的房租就不用交了，这是一点保密费，不成敬意……"老板带着哭腔央求道，把一个装有钞票的信封塞入了N先生手中。

虽说钱并不多，但他还是收了下来，到山对面那家热闹的旅馆里，过了个不那么寂寞的夜晚。

可是，一回到城里，他怎么也忍不住，终于把这事告诉了一位朋友，并叮嘱说，这是秘密。对方听后思量着，咳，这倒是近来难得的刺激性消息，不妨去一趟。要是运气好，或许还能从幽灵的话中得到暗示，找到那份财宝呢。

N先生的朋友兴冲冲地出门去，找到那个老板，毫不吝惜地付了一大笔钱，死乞白赖，总算是租到了房间。

老板装着无可奈何的样子，转过身去悄悄地调节着一架微型录音机，低声嘀咕道："果然不出所料，我的计划奏效了。在如今的世道上，要想招徕顾客，看来最好是用新奇的刺激和欲望作为诱饵……"

隔音装置

[日本] 星新一

S先生近来老是无精打采,他实在不太想干活,每天只要一有空就钻进自己的房子,埋头搞一大堆设计图啦、计算纸啦,以及各种机械零件。

一天,有位朋友前来访问,他问S先生:

"你还在一个劲摆弄什么机械呀。你打算到什么时候才停手?我想你还是去干点正经活为好!"

"不。你瞧,我总算弄成功了!"

S先生说罢,得意洋洋地指着身边的一个装置。这个装置大小如同背包,上面露出几根天线和一个开关。朋友边看边问道:

"成功了?那太好了。可是,这种装置能派上什么用场呢?"

"现在,就让你看看吧!"

S先生打开屋角的一台电视机,里面正转播一场精彩的棒球赛。S先生把刚做好的装置搬到电视机旁,安上了装置开关后,回到朋友身边。此刻,只见那位朋友惊奇地瞪圆了眼睛:"真怪!屏幕上的图像明明还在,怎么声音突然听不见了呢?"

"这就是这台装置的作用。它能把周围两米以内的声音全部消除掉。可以说它起着隔音壁的作用,能把壁内的声音给封闭消除。"

S先生说着,顺手从身旁抓起一只玻璃瓶朝那装置附近扔去。瓶子在地板上摔碎了,可是却一点声音也没有。之后,S先生又抓起一只瓶子朝着远离装置的地方扔去,这下可听到了"咯当"的破碎声。朋友对此不禁大为钦佩起来：

"虽然我还不知道它的构造如何，可这倒称得上是一个奇妙的发明！不过，它能有什么用处呢？"

"用处当然有。你瞧着吧，过不了多久，我就要发大财罗！"

"你想卖给谁？"

"这个嘛，目前还是一个秘密。"

S先生不把装置的用处告诉人家，也是大有道理的。因为他制作这个装置是想用来干些秘密勾当。

一天晚上，夜深人静，S先生独自背上装置出门了。他悄悄地潜入一幢早已瞅准的银行大楼，虽说是悄悄潜入，可他还是打碎玻璃窗爬进去的。不过由于有隔音装置在起作用，没有一点儿声音。

接着，S先生猛力撬起大保险柜来。因为他一无钥匙，二不知道保险柜密码，所以只好用穿孔器撬。这动作极其粗野，不过带有隔音装置，他毫不担心。

很快，保险柜门被撬开了。S先生把里面的一叠叠钞票塞满了早已准备好的大皮包。然而就在他不慌不忙地从窗户爬出来时，迎面扑来一个警察，轻易地把他抓住了。

S先生大失所望地关闭了装置，不住地嘟哝道：

"这，这是怎么回事？隔音装置不是挺灵的吗？怎么会失败呢？"

然而，那位警察也颇为迷惑地说：

"我们也不知道是怎么回事儿。这幢大楼的玻璃只要一打碎，就会自动报警。于是那里的值班人员马上就给警察局打来电话。我们接报就鸣起警笛飞驰赶来。说也奇怪，像你这样的小偷倒还是第一次遇到：外面已经警笛大作，可你却毫不逃避就让我们抓住了。"

原来由于那个装置在起隔绝外界音响的作用，所以S先生什么也没听见，就被捕了。

强盗的苦恼

[日本] 星新一

黑社会的强盗们聚在一起，商议着下一步的行窃计划。

"真想痛痛快快地干它一桩震惊社会又万无一失的大买卖呀！"一个歹徒异想天开地说。谁知这个集团的首领竟接着他的话爽然应允道："说得对！我也一直这么盘算着，现在想出了些眉目，大伙准备一下吧，我们要干活了。"

这一番话让强盗们吃惊不小，大家争先恐后地问道："究竟怎么干呢？"

"干咱们这一行的，大都将行动时间选在夜里，但由于四周太安静，下手时难免惹人耳目。这次我打算反其道而行之，出乎人们意料之外地搞它一家伙……"

"有道理，您到底不愧是咱们的头儿，想出的主意总是高人一筹。不过，如何下手呢？"

"光天化日之下，持枪闯进银行抢劫！"

首领的话恍若呓语，喽啰们不禁大失所望。

"别开玩笑啦！简直不着边际。照您说的去干，恐怕还没跨进银行的大门，就被抓去蹲监狱了。"

"蠢货！你们的脑子里怎么总少根弦。好了，听我来说端详……现在我们编写一个电视剧本，送给银行附近的交通警察，然后大家装扮成电视摄制组的工作人员，到银行去拍摄一个袭击银行的场面，这样银行方面毫无防备，必定给打个措手不及，到时候，大家只管动手抢钱，即使万不得已开了枪，警察也会无动于衷，只当作剧情所需而特意安排的音响效果呢。最后，大家听我的命令，一起撤退……"

首领的话音未落，喽啰们早已七嘴八舌地议论起来，只见一个个佩服得五体投地：

"高见，高见！妙不可言！"

"这下可以过大瘾了，伙计们，快着手干起来吧！"

强盗们弄来一辆面包车，在车身上写下电视剧摄制组的字样，不一会儿，电视摄影机也找来了，自然无需准备胶卷。待脚本印刷完毕，喽啰们将自己精心地装扮起来。有的扮做穷凶极恶的打手，有的扮成维持群众秩序的工作人员，最后一切准备就绪，首领一声令下，这个精心策划的计谋便开始付诸实行。

强盗们把车开到银行门口，握着手枪刚刚走出车门，在附近执勤的交通警察果然都围上前来询问，一个强盗赶忙给他们送上几份电视剧脚本并说明缘由。很好，他们就心照不宣不再追问了。

万事如意！没想到事情一开头便如此顺利，强盗们精神大振，相继冲进银行，大声喝道："银行诸君！我们是真正的强盗，赶快把钱交出来！谁敢乱动，马上要你的小命！"

谁知，计划到此却乱了阵脚，发生了意外。一个门卫突然嬉皮笑脸地凑上前来，打破了这里的紧张空气。

"先生们，我可以帮忙吗？你们来拍电视，我真的一点都不知道。上司真有意思，这种事也不先通知一下，好让职员们准备一下。要知道宣传工作是何等地重要啊，可他们……"

另一位青年顾客也挤上前来热心地说道："我是作家。你们刚才的那句台词不太合适，什么'银行诸君'简直像在发表竞选演说。另外'我们是真正的强盗'这种说法也欠含蓄，一下就把底亮给观众了。脚本是谁写的？下次让我来帮你们的忙。"

他拿出名片，絮絮叨叨地纠缠不休，强盗们好不容易才摆脱他来到窗口，在那里工作的一位姑娘慌忙立起身来说："什么时候播放呀？请签名留念。我也能上镜头吗？等等，让我再化妆一下……"

银行的女职员们纷纷离座，朝这边拥了过来。"嗳，把我们也拍进镜头吧，我们都是电影迷，挺在行的，不用排练啦！"

对这乱哄哄的场面，一个强盗不耐烦了，他忍不住扯起嗓门叫了起来："够了！这不是演戏，弟兄们，来真格的！"接着他扣动了扳机，子弹呼啸着飞向天花板，击碎了照明灯。

然而此举也并未奏效，一个男孩儿挤过来说："嚕，真够劲！简直跟真的一样。"另一个人接上话又说道："大概天花板上的电灯里预先装进了火药，然后让它爆裂的吧，要是不知内情的人倒还真给唬住了呢！"

这时，这家银行的行长露面了。

"喂，先生们。你们能否再加上一个枪击玻璃的镜头？那是防弹用的特殊钢化玻璃。倘从侧面为我们做个宣传，将会提高顾客对本行的信赖……"说着，递上一个装有钱的信封。

"先生，让我们来扮演不屈服于强盗的威胁，饮弹而亡的光荣角色吧，拜托了！"男职员们也围拢过来请求着。

强盗们无奈，只好百般解释，可此时却没有一个人把他们的话当真。甚至连那几个最初帮助维持秩序的交通警察也苦苦哀求道："让我们来扮演捉拿强盗的警察吧，这样或许能使电视剧表现得更逼真，更扣人心弦。先生，您知道，如果我们远在家乡的父母能在电视屏幕上看到自己的儿子，该有多么高兴啊！"

事情闹到如此地步，料到难以收场，强盗首领站出来，愤愤地大声吼道："大家听着，今天暂停拍摄，回去修订脚本，改日再来重拍！"

强盗们狼狈地撤出现场，一个个牢骚满腹。

"想不到会弄出这么个结局来，当今社会准保出毛病了。从来没见过这么多无法无天的人！"

现场作戏

[日本] 古贺准二

M百货商场的地下二层里正在举办商品展销。采购完的顾客们手里拎着鼓鼓的袋子在高速电梯前排着长长的队伍。这部电梯3秒钟就能到达地面上。

不一会儿，电梯下来了。电梯门刚一敞开，排好的队伍就乱了套。顾客们一拥而入地跨进了电梯里。

转眼间电梯就满员了。在电梯刚要关门时，又有两位客人几乎是同时跨进电梯里。与此同时电梯里的信号器响了。接着扬声器说话了：

"超重了。实在对不起，最后进来的那位顾客请您出去吧。电梯一会儿就返回来了。"信号器仍在鸣响。可最后进来的两位顾客谁都不想出去。

这两位顾客，一个是穿着华丽的胖胖的中年女性；一个是着牛仔装的十六八岁的女孩。

"如果你们俩谁都不肯出去，这电梯就不能动了。"开电梯的小姐在一边嘟哝着。

中年女性觉察到拥挤在一起的顾客们的冷冰冰的目光在投向自己，于是她开口道："我在这里的四楼上买了个价值10万日元的钻石戒指。我有权利乘这电梯。要我给你们看看收据吗？再说，是我比这女孩先进来一步的。"说完，她气冲冲地扭过脸去。尽管铜臭味似乎令人厌恶，可中年女性的话也不无道理。于是顾客们的视线转向了那女孩。"我不像这位女士那么有钱,我只买了一本价值500日元的笔记本。可这500日元是我打工洗了一周盘子积攒下来的。对我来说这500日元不是个小数目。这位女士的确是在我之后挤进来的。"女孩小声说道。

"哎哟……受不了。仅仅超重1千克呀,能不能……"扬声器仍在唠叨着。

开电梯的小姐愁得不知如何是好。一会儿,小姐像忽然想出什么好办法似的,一拍手说道:"这样吧。这个百货商场的26层里有个医药品专柜,从下个月起那里开始试销'立竿见影减肥灵'药品。我口袋里正好有一瓶。请你们两位每人吃一片试试看。据说吃了马上就见效。"

两位女性半信半疑地将小姐递过来的药吃了下去。于是乎电梯里所有的顾客都在目不转睛地看着她俩。3秒钟过去,信号器不响了。"实在对不起。让各位久等了。超重问题解决了。要关门啦,请各位留神。"开电梯小姐那明快的话语回荡在电梯里。

大约过了30分钟,在一家小咖啡馆里,方才那两位女性坐在同一张小桌前正喝着冰镇咖啡。那女孩朝着正在吸烟的中年女性说道:"妈,时间不多了,我们该去H百货商场了。今天还有3家百货商场等着我们去做'立竿见影减肥灵'的现场广告宣传呢。"

忍到最后

[日本] 久保裕一

一个年轻美貌的少女一只脚跨过桥的栏杆正要往桥下跳时，一个老头儿正好由此通过。老头儿双手抱住少女的腰使劲把她从栏杆上拽下来。

"唉，你这姑娘，再晚一步你就完了！你为什么这么急着去死呢？"

"请你放开！我没法活下去了。我所爱的男人抛弃了我，他是我有生以来第一次爱的男人，我爱他不惜生命。你别管我，让我死吧！"

"为失恋这么点小事就要死要活的，值得吗？你好糊涂哇！"

"谢谢您的好意。您根本不明白我爱他有多深。求您了，放开我！"

"真是年轻……只知道自己爱得深，爱得至高无尚。是初恋吧？"

"……"

"过去，一般都认为初恋时的爱是纯洁的爱。岂不知，人生一世爱与被爱的机会多得很。"

"不过，我认为像我们这样纯洁的爱不会再有了，还是让我死吧。"

"如果都像你这样，第一次失恋就自杀，那这个世界上的人怕是早就死绝了。还有这么多人活着是因为人们都会忍耐。忍耐忍耐吧。时间的推移也许会医治好你心灵的创伤。"

"……"

"你就全当我在骗你，听我给你说说好吧。我今年95岁了。在我16岁时，有过一次疯狂的初恋。和你一样，我爱她爱得要死要活的，后来她离我而去，我为此曾几次想到自杀。"

"怎么，老爷爷您也……"

"是的，不过时间一定会医治好失恋的创伤。你得忍，忍到最后。我就是这么忍受过来的，而且我的心灵上的创伤得到彻底的医治。总有一天，你会觉得对方没什么可人的地方，何必为情而自杀。这是我作为你的长辈、作为一个过来的人要告诉你的话。世界上没有永恒不变的爱。从某种意义上说这是悲剧，不过……'"

"噢……，听了老爷爷的话，心情倒是舒畅了许多。虽然我至今还在恋慕他，常为得不到他的爱而痛苦，不过我相信老爷爷的话，用不了多久我心灵上的创伤会医治好的。"

"那当然了。"

老头儿见少女冷静下来，便松开了双手。

"顺便问一下，老爷爷16岁那年失恋所留下的创伤是什么时候医治好的呢？"

"噢，那，那大概是去年的春天吧。"

老头儿仰望着天空感慨万千地说道，然而，话音未落，只听扑通一声，桥的水面上泛起一朵水花。

老俩口

[日本] 都筑道夫

他一进门,就迎出来一个白发老头。青年推销员恭恭敬敬鞠了一躬。"喂,喔,可回来了!你毕竟是回来了。"老头脱口而出,"老婆子快出来,儿子回来了,是洋一回来了。很健康,长大了,一表人才!"

老太太连滚带爬地出来了。只喊了一声"洋一!"就捂着嘴,眨巴着眼睛,再也说不出话来。推销员慌了手脚,刚要说"我……"时,老头摇头说:"有话以后再说。快上来,难为你还记得这个家。你下落不明的时候才小学六年级。我想你一定会回来,所以连这个旧门都不修理,不改原样,一直都在等着你呀。"

推销员实在待不下去了,便从这一家跑了出来。喊他留下来的声音始终留在他的身边。"大概是失去了独生子。悲痛之余,老俩口都精神失常了吧?倒怪可怜的。"他想着想着回到了公司,跟前辈谈这件事,老前辈说:"早告诉你就好了。那是小康之家,只有老俩口。因为无聊,所以这样作弄推销员。"

"上当了!好,我明天再去,假装是儿子,来个顺水推舟,伤伤他们的脑筋。"

"算了,算了吧,这回又该说是女儿回来了,拿出女人的衣服来给你穿。结果,你还是要逃跑的。"

聘 任

[英国] 埃克斯雷

西奥霍迪尔先生身材修长,面庞消瘦,两鬓斑白。他生性温和,平日沉默寡言。研究学术问题,他精力充沛,记忆力惊人。而对日常生活的琐碎小事,却不甚了了。

坎福特大学需要聘请一名工作人员,上百人要求申请该空缺位置,西奥也递上了申请书。最后,只有西奥等十五人获得面试的机会。

坎福特大学地处在一个小镇上,周围仅有一家旅店,由于住客骤增,单人房间只好两个人同住了。跟西奥同住的是一位年轻人,叫亚当斯,足足比西奥年轻二十岁。亚当斯自信心甚强,且有一副洪亮的嗓音,旅店里时常可以听到他朗朗的笑声。这是一个聪明伶俐的人,这一点是显而易见的。

校长及评选小组对所有的候选人进行了一次面试,筛选后只剩下西奥和亚当斯两人了。小组对聘请谁仍犹豫不决,只好让他俩在大学礼堂进行一次公开的演讲后,再行决定。演讲题目定为《古代苏门人的文明史》,三天后开讲。

在这三天工夫,西奥寸步不离房间,废寝忘餐,日夜赶写讲稿。而亚当斯却不见有任何动静——酒吧间里依旧传出他的笑声。每天他很晚才回来,一边问西奥的讲稿进展情况,一边叙述自己在弹子房、剧院和音乐厅的开心事。

到了演讲的那天,大家来到礼堂,西奥和亚当斯分别在台上就座。

直到此时，西奥才惊恐万状地发现，自己用打字机打好的讲稿不知什么时候不翼而飞了。

校长宣布说，演讲按姓名字母排列先后进行。亚当斯首当其冲，情绪颓丧的西奥抬头注视着亚当斯——只见他神情自若地从口袋里掏出窃来的讲稿，对着在座的教授们口若悬河、振振有词地讲开了。连西奥也暗自承认他确有超人的口才。亚当斯演讲完毕，场内爆发出雷鸣般的掌声。亚当斯鞠了一个躬，脸上露出微笑，回到座位上去。

轮到西奥了，他的一切东西都写在稿子上面，由于心情不好，要另开思路是不可能的了。他觉得脸上火辣辣的，惟有用低沉而疲乏的声音逐字逐句重复亚当斯刚才振振有词的演讲内容。等他讲完坐下来时，会场上只有零零落落的几下掌声。

校长及全体评选小组成员退出会场，去讨论该聘任哪位候选人。礼堂内的人仿佛对决定的结果早已有了数。

亚当斯向西奥探过身来，用手拍了拍他的背，微笑着说道："厄运呀，老兄。没办法，两者只选其一。"

这时，校长及小组成员回来了。"诸位先生，"校长说，"我们做出了选择——聘请西奥·霍迪尔先生！"

所有的听众都惊呆了。

校长继续说："让我把讨论的情况向诸位披露吧。亚当斯先生口才过人，知识渊博，我们大家都深感钦佩，我本人也为之感动。但是，请不要忘了，亚当斯先生是拿着稿子去作演讲的。而霍迪尔先生呢，却凭着记忆力，把前者的演讲内容一字不漏地重复了一遍。当然啰，在这以前，他不可能看过那份讲稿的一字一句。我们缺的那项工作，正需要有这样天赋的人了！"

大家陆续走出会场。校长走到西奥面前，见西奥面上仍然挂着那副惊喜交集、不知所措的样子，便握着他的手，说道："祝贺您，霍迪尔先生。不过我得提醒您一句，日后在咱们这儿工作，可要留神点，别把重要的材料到处乱放呀。"

敞开着的窗户

[英国] 萨契

"纳托尔先生,我婶母马上就下楼来,"一位神色泰然的15岁少女说道,"在她没下来之前,暂且由我来招待您,请多包涵。"

弗兰普顿·纳托尔尽量地应酬几句,想在这种场合下既能恭维眼前招待他的这位侄女,又不至于冷落那位还没露面的婶母。可是心里他却更为怀疑,这种出自礼节而对一连串的陌生人的拜访,对于他当时所应治疗的神经质毛病,究竟会有多大好处?

在他准备迁往乡间僻静所在去的时候,他姐姐曾对他说:"我知道事情会怎样,你一到那里准会找个地方躲起来,和任何活人都不来往。忧郁会使你的神经质毛病加重。我给你写几封信吧,把你介绍给我在那里的所有的熟人。在我的记忆中,其中有些人是很有教养的。"

弗兰普顿心里正在琢磨,他持信拜访的这位萨帕顿夫人,属不属于那一类有教养的人。

"附近的人,您认识得多吗?"那位侄女问道,看来她认为他俩之间不出声的思想交流进行得够久了。

"几乎谁也不认识,"弗兰普顿回答说,"四年前我姐姐曾在这里呆过。您知道,就住在教区区长府上。她写了几封信,叫我拜访一些人家。"

他说这最后一句话时,语调里带着一种十分明显的遗憾口气。

"这么说,您一点也不知道我婶母家的情况了?"泰然自持的少女追问道。

"只知道她的芳名和地址。"客人承认说,推测着萨帕顿夫人是有配偶呢还是孀居?屋里倒有那么一种气氛暗示着这里有男人居住。

"她那场大悲剧刚好是三年前发生的,"那个孩子接着说,"那该是在您姐姐走后了。"

"她的悲剧?"弗兰普顿问道。悲剧和这一带静谧的乡间气氛看来总有点不和谐。

"你可能会奇怪,我们为什么在十月间还把那扇窗户敞开得那么大,尤其在午后。"那位侄女又说,指着一扇落地大长窗。窗外是一片草坪。

"这季节天气还相当暖和,"弗兰普顿说,"可是,那扇窗户和她的悲剧有关系吗?"

"恰好是三年前,她丈夫和她两个兄弟出去打猎,就是从那扇窗户出去的。他们从此再也没有回来。在穿过沼泽地到他们最爱去的打鹬场时,三个人都被一块看上去好像满结实的沼泽地吞没了。您可知道,那年夏天的雨水特别勤,往年可以安全行走的地方会突然陷下去,事前连一点也觉察不出,连他们的尸体都没找到。可怕也就可怕在这儿。"说到这里,孩子讲话时的那种镇静自若的声调消失了。她的话语变得断断续续,激动起来。"可怜的婶母总认为有一天他们会回来,他们仨,还有那条和他们一起丧生的棕色长毛小狗。他们会和往常一样,从那扇窗户走进屋来。这就是为什么那扇窗户每天傍晚都开着,一直开到天色很黑的时候。可怜的婶母,她常常给我讲他们是怎样离开家的,她丈夫手背上还搭着件白色雨衣,她的小兄弟朗尼嘴里还唱着:'伯蒂,你为何奔跑?'他总唱这支歌来逗她,因为她说这支歌叫她心烦。您知道么,有的时候,就像在今天,在这样万籁俱静的夜晚,我总会有一种令人毛骨悚然的感觉,我总觉得他们几个全会穿过那扇窗户走进来——"

她打了个寒噤,中断了自己的话。这时她婶母匆忙走进屋来,连声道歉,说自己下来迟了。弗兰普顿不禁松了一口气。

"薇拉对您的招待,总还可以吧?"她婶母问道。

"啊,她挺有风趣。"弗兰普顿回答。

"窗户开着,您不介意吧?"萨帕顿夫人轻快地说,"我丈夫和兄弟们

马上就要打猎回来。他们一向从窗户进来。今天他们到沼泽地去打鹬鸟，回来时准会把我这些倒霉的地毯弄得一塌糊涂。男人们就是这么没心肝，是吧？"

她兴致勃勃地继续谈论着狩猎、鹬鸟的稀少和冬季打野鸭的前景。可是对弗兰普顿来说，这一切确实太可怕了。他拼命想把话题转到不那么恐怖的方面去，可是他的努力只有部分成功。他意识到，女主人只把一小部分注意力用在他身上，她的目光不时从他身上转到敞开着的窗户和窗外的草坪上。他竟在悲剧的纪念日里来拜访这家人家，这真是个不幸的巧合。

"医生们都一致同意要我完全休息，叫我避免精神上的激动，还要避免任何带有剧烈体育运动性质的活动。"弗兰普顿宣称。他有着那种在病人中普遍存在的幻觉，错误地认为，陌生人或萍水相逢的朋友，都非常渴望知道他的疾病的细节，诸如得病的原因和治疗方法之类。他接着又说："可是在饮食方面，医生们的意见不太一致。"

"噢，是吗？"萨帕顿夫人用那种在最后一分钟才把要打的呵欠强压了回去的声调说。突然，她笑逐颜开，精神为之一振——但却不是对弗兰普顿的话题感到了兴趣。

"他们可回来了！"她喊道，"刚好赶上喝下午茶。你看看，浑身上下全是泥，都糊到眼睛上了！"

弗兰普顿略微哆嗦了一下，把含着同情的理解的目光投向那位侄女。可是那孩子此时却凝视着窗外，眼光里饱含着茫然的恐怖。弗兰普顿登时感到一股无名的恐惧。他在座位上急忙转过身来，向同一方向望去。

在苍茫暮色中，三个人正穿过草坪向窗口走来，臂下全挟着猎枪，其中一个人肩上还搭着一件白色雨衣。一条疲惫不堪的棕色长毛小狗紧跟在他们身后。他们无声无息地走近这座房子。然后一个青年沙哑的嗓音在暮色中单调地唱道："我说，伯蒂，你为何奔跑？"

弗兰普顿慌乱地抓起手杖和帽子。在他的仓皇退却中，怎么穿出过道，跑上碎石甬路，冲出前门，这些只不过是隐隐约约意识到而已。路上一个骑自行车的人，为了避免和他相撞，紧急地拐进路旁的矮树丛里去了。

"亲爱的，我们回来了，"拿着白色雨衣的人说道，从窗口走了进来，"身上泥不少，但差不多全干了。我们走过来的时候冲出去的那个人是谁呀？"

"一个非常古怪的人物，一位纳托尔先生，"萨帕顿夫人说，他光知道讲他自己的病。你们回来的时候，他连一句告别的话也没说就跑掉了，更不用说道歉了，真像是大白天见到鬼了。"

"我想，他大概是因为看见了那条长毛小狗，"侄女镇定地说，"他告诉我说，他就是怕狗。有一次在恒河流域什么地方，他被一群野狗追到一片坟地里，不得不在刚挖好的坟坑里过了一夜。那群野狗就围在他头顶上转，龇着牙，嘶叫着，嘴里还吐着白沫。不管是谁，也得吓坏了！"

灵机一动，编造故事，是她这位侄女的拿手好戏。

午　餐

[英国] 毛姆

在剧场，我看见她。应她召唤，幕间休息时，我坐到了她的旁边。自上次相见，已好长一段时间了，如没人提起她的名字，我是不会即刻认悟的。她和我扯起来，满面春风。

"呀，一晃几年，时间真快啊！我们都老了，还记得我们初次相见的情景吗？你还请了我共进午餐呢！"

还能记得吗？

那是二十年前在巴黎的事了。当时，我住拉丁·圭哈特区一家小公寓，生活仅能维持生计而已。她读了我的一本著作，并写信给我谈起它。我回信给她表示感谢。不久，我又收到她的一封来信，讲她要途经巴黎，希望与我聊一聊，然而她时间有限，仅能腾出下周四，且一个上午她得呆在卢森堡宫。她问我能否在弗尤特饭店与她共进午餐，这弗尤特饭店可是政客们光顾的地方，远非我的进项可抵，平时我连想也不敢想，然而我已接受了她的奉承又没有学会推诿此类事情，何况我还有八十个法朗可撑到月底，一顿简单的午饭谅也花不了十五法朗，再说十五法朗也就我两周的咖啡钱。

于是，我回信答复她下周四十二点半在弗尤特饭店相见。她没有我所想象的那样年轻，虽仪态优雅却无动人风姿。实际上，她年龄已四十了，这是女人最富魅力的时候，但她却不能使人顿生爱慕，她的又大又白的牙齿整齐地排列着，然而却有点多余之嫌。她奔放健谈，乐于谈论我的事，于是我只有洗耳恭听的份了。

菜单递过来了，我心直跳，因为菜价远远超出了我之所料，不过还是她使我放心下来。

"午餐我向来不吃东西。"她说。

"别这么说！"我大大方方地说。

"一样就够了，我从不多吃。我认为现在人们吃得太多。或许，一份鱼就够，不知道有没有大马哈鱼？"

唉，真是的，吃大哈马鱼还为时过早，菜单上也没有。但我还是问侍者有没有。这下可绝了，他们刚进了一条又鲜又美的大马哈鱼，这是饭店今年首次进货。于是我为客人要了一份。侍者又问是否还要别的什么烹在鱼里。

"不用了。"她道，"我从不多吃，一样就够了。不过加点鱼子酱也未尝不可。"

我的心一沉。鱼子酱我是付不起的，可我不能告诉她这些。我就盼咐侍者一定搞点来。而我自己，则拣了最便宜的烧羊排，

"吃肉食可不好，你太不会吃了。"她说，"我真不知道你吃了这类难消化的食物后怎样去工作。我认为把肚子填得满满的不是好事。"

接下来轮到喝点什么了。

"午餐我从来不喝什么的。"

"我也是。"我附和道。

"要不来点白酒吧，"好像没听到我讲似的，她说着，"法国酒较清淡，很益于消化。"

"那来点什么呢？"我仍然热情，但有点勉强。

她露齿一笑，冲着我，欢快而温柔。

"医生不许我喝酒，来点香槟吧！"

昂贵的香槟酒！我想当时我的脸肯定微白了。我要了半瓶香槟，不经意地提到医生不允许我沾香槟。

"那您呢？"

"喝点水就行了。

吃着鱼子酱，大马哈鱼，她侃侃而谈，就及文学、美术、音乐，但

我脑子里装的却是帐单上该付多少钱。侍者端上了我的那份，她更是煞有介事地说羊排不好。

"看得出你有重食的习惯，这对健康不好。为什么不像我只吃一样呢？那样，你感觉会更好一点。"

"我是要只吃一份的。"我答道。这时侍者又拿着菜单走过来了。

她风姿绰约地朝侍者摆摆手，侍者立在她的身旁。

"不，不要了。我从不多吃的，这点就够了。我吃点东西只是想借此谈谈话，别无他求。除了芦笋，我是一点不能进了。如果到巴黎而没尝尝芦笋，那可真是憾事一桩。"

我的心又一沉。我在商店见过大芦笋，价钱高得惊人。看到它，口水直流。

"夫人问有没有大芦笋。"我问道。

他们没有该多好！但侍者偏偏说有，一张谦和的笑脸。他说他们的芦笋又大又鲜，很难得。

"我一点也不饿。"她叹了口气，"唉，既然你这样盛情，我就来点吧。"

我给她点了这道菜。

"你不来点吗？"

"不，我从不吃芦笋。"

"我知道，有些人不喜欢吃，因为他们吃肉太多伤了胃口！"

我们等着芦笋。这过程，惧怕攫住了我。因为现在问题已不是我还有多少钱能撑到月底，而是我能否付起饭钱的问题了。要是我缺十法郎而不得不向客人借，那是很丢人的，这事绝对不能干。我得清楚自己的钱数，如果帐款多于我的钱数，我就决计把手放进口袋里，尔后戏剧性地突叫一声蹦起来就说我的钱包丢了。当然万一钱不够，那就显得尴尬了，剩下就只好把我的手表抵出去，然后再来赎。

芦笋上来了，又大又香，看她津津有味地吃着，那香味直钻鼻孔。可出于礼貌，我还得跟她扯扯巴尔干半岛诸国的戏剧。终于，她吃完了。

"要不要咖啡？"我问她。

"好啊，来点咖啡冰淇淋吧。"她答应着。

此时我已无所顾忌了，就给她要了点冰淇淋，又给我要了点咖啡。

"你知道吗？有一点我可以完全相信。"她一边吃，一边说道，"一个人越想少吃，他就越能吃。"

"还饿吗？"我无力地问道。

"哦，一点不饿。早晨喝杯咖啡，午餐随便吃点，然后就等着吃晚饭。你说呢？"

"哦，知道了！"

然而，麻烦事又来了。我们等咖啡时，侍者头满面笑容地扛着一大篮鲜桃走了过来。桃子又鲜又红，宛如少女红扑扑的脸颊，有着意大利风景画的明快色调。而那会儿，桃子还没正儿八经上市呢，天知道有多贵。不一会儿，我也知道了，因为我的客人一边闲聊着，一边漫不经心地拿起了一个桃子。

"看，你胃里满是肉（我那可悲的一点羊排），就再也装不下别的东西了，而我不过少吃一点，所以还可以来一个桃子。"

最后，帐单摆上来了。付钱时，我发现我剩下的那点钱还不够付小费。我给了侍者三法郎小费，她盯着那钱，眼神里写着我太小气了。走出饭店，我已一文不名了，剩下的一个月可怎么过？

"学着点。"握手分别时她说道，"午餐尽量少吃点，只来一份。"

"我会做得比这更好。"我回答道，"晚餐我不吃了！"

"真幽默！"她欢快地叫道，"可真是个天才的幽默家！"

但我最后还是出了这口气。我相信我不是一个报复狂，但当神灵插手其中慰观这后果时，难道我不值得宽容吗？——我的这位朋友现在体重已达二百九十四磅了。

可笑的悲剧

[法国] 阿·科蒂

怎样不失尊严地招募一名职业刺客呢？您会对我说：至少可以认为这是一个荒唐的问题。不过，既然创造一个世界需要一切，那我就试着给你们解答这个问题吧（当然没有政府的保证）。

首先，如果您住在……比方说巴黎吧，您就应该到马赛去。仔细听着，如果您住在马赛，您就应该到巴黎去。如果您是波尔多人，您就去里昂……以此类推。您明白我的意思了吗？因为，您显然不能请同住一层楼的邻居为您干这件事，尽管您出很大的价钱，并且答应以同样的方式回报对方。谨慎小心！小心谨慎！这是成功的一半。

为了不使这些我不习惯的语言过分地刺激您，我非常友好地请您听听下面这个故事：

杜朗布瓦夫妇间的关系有些不大妙，已经有一阵子了。先生对太太已经"够了的"了，太太对先生也是如此，我的话没错。共同生活了25年，这太长了，是到了该出毛病的时候了。这就像天天吃鸡或者天天过穷日子一样。所以，他们互相厌倦了。此外，一年之中又有三个月还得忍受太太的母亲，这三个月对先生来说如同服苦役；一年之中有三个月还得忍受先生的母亲，这三个月对太太来说像是在地狱中度过的。"那么，他们已经到了这种地步，干吗不离婚呢？离婚又不是为狗准备的。"您说的对，不过，因为有一个"不过"：杜朗布瓦先生和太太在他们众多的朋友中享有很高的威望，有这么高威望的人离婚就要麻烦些，离婚会引起公愤，想想看，先生是好几家大公司的总经理，又是首都最显贵的街区之一的堂区的财产管理委员。至于太太嘛，她主持本区所有的宗教世俗的慈善事业，从"改过自新的妓女"到"发誓往自己酒里掺水的酒鬼"她都管。您瞧：是贵族就得行为高尚。我还要补充一点：杜朗布瓦先生和太太没有孩子，只是先生有一个躲躲藏藏的情妇，公平合理，当然喽，太太也有一个偷偷摸摸的情夫。当然，没有任何人知道，除了我……和您。

先生告诉太太他要出去几天。像他们现在这种关系，先生自然不会告诉她出去的原因和要去的地方。太太听到这个消息后，好像松了一口气。我们看见她第二天一大早也离开了她的住所，手里还提着个小箱子……这两个人同时外出，这就是所谓的心灵感应吧？

"马赛·圣——夏尔到了，请旅客全部下车！"杜朗布瓦匆匆离开车站，走到一个出租汽车司机跟前，与他低声交谈。司机用甜美的南方口音回答他："明白，布尔乔亚！"随之发动汽车向港口驶去。

这个地方可不缺少咖啡馆和酒吧间，它们之中有规规矩矩的，也有不那么"正派"的。这对任何人也不是秘密。

杜朗布瓦审视着店铺的门脸，可以说他是在用鼻子嗅……这样持续了很长时间，他究竟在找什么呢？终于，他下了决心，走进一家外表不那么光彩夺目的店里。但里面坐满欢快的乐天派人士，他们大概不会在工作时经常脏了手吧。

他在里面呆了很长时间，喝开胃酒，还吃了晚饭，和几位常客聊天。午夜时分，他和一个名叫热热纳的人一起出去。两人热烈握手后分开，热热纳对杜朗布瓦起誓不折不扣地执行他刚刚得到的命令。"不过，我得需要一定的时间，"他说，"因为我觉得这件事一定要办好。""好吧！"先生回答他说。

第二天，杜朗布瓦太太也来到这座城市里，不过是经过马里尼安来的。她乘的是飞机。对啦，她在"跟踪"自己的丈夫？不对，因为她比他晚一天到达。

令人难以相信，但的确是这么回事：杜朗布瓦太太也惊动了一个出租汽车司机，和他低声交谈，我们在港口上见到她……她在付车钱时丢掉了身份证，是出于激动，因为一看就知道她异常激动……一个行人捡起了身份证，看了一眼，跑着追上太太把证件还给她。

真是太巧了，这个行人就是热热纳！他破釜沉舟了："太太，我有极为重要的事要告诉您。请到我家里来，不远。我向您发誓，您不会后悔走这一趟路的。"

她感到惊讶，但又有点儿好奇。换了别人，即使是比这更小的事，也会这么干的，杜朗布瓦太太跟着热热纳去了。一到他住的房子里，他就单刀直入地说："昨天，您的丈夫指使我杀害您。为了这项'工作'，他给了我一千五百万现金。不过，您一定会想到我决不会干这种事的，我甚至这就准备去警察局告发他。"

"别这么干，我的朋友。一件丑事，不论它发生在巴黎……还是在马赛，都会影响我的生活！拿着，为了奖赏您的诚实，我签一张同样数目的支票。如果愿意杀死我的丈夫，而不是我，那您就放手干吧：这样您就帮了我的大忙了。倘若如此，我还要给您增加一笔小小的酬金。"

"我完全同意，太太。热热纳说话算数，就和起誓一样！"杜朗布瓦太太立刻返回了巴黎。

有一个人愣住了，此人就是热热纳。这样的好运气，一生只会有一次！如果他不动这两个人一根毫毛，他们俩会说什么呢？当然什么也不会说。看不出他们会到法院去控告！是这么回事，不过，这样对热热纳来说可就是失去了信义。他答应了丈夫，可是也答应了他的妻子！这真是进退维谷！

您得承认做个正派的人并非总是件容易事。所以现在在我们这儿正派人很少。

上面谈到的事已经过去半个来月了。热热纳还没有下定决心。他睡不安枕，食不甘味，常常忘了喝他的茴香酒。他肯定会闹出病来。

最后，像人们常说的"知难而进"，他北上巴黎，作为一个守信用的"供货人"去"交货"。

昨天晚上，杜朗布瓦先生和太太一块被热热纳送进了天国。他处于最佳竞技状态，将两人用匕首刺死在他们各自的房间里。没有声响，没有损坏、偷窃任何东西（热热纳不会同意自己这么干，人家已经付过他钱了)。

所以，一无偷盗，二无破门而入（热热纳有钥匙），警方考虑可以结束调查了。这可能是一桩情杀案，不过，还不大确实吧？此案发生在这么体面的人家里！在警察的编年史中又增添了一个不解之谜……

至于热热纳嘛，他可没在首都久留：他迫不及待地赶回家中。

有了三千万法郎，他决心改邪归正（他给吓怕了），并且像"做一个家里的好父亲"那样生活。这是我鼓足勇气说出来的，然而，他却一直是条光棍汉……结婚实在太危险了……为了明白这个道理，别人还给了他钱呢！

他甚至打算参加下一届的市议员竞选，甚至参加议会选举，如果他当选，他将致力于保护寡妇和孤儿的事业。他答应了，发过誓。

啊，一个人想洗心革面、重新做人时，只要意志坚定，没有做不到的事！

不要以为《可笑的悲剧》完全是胡编硬造的。请看看报纸吧……

地　窖

[法国] 塞斯勃隆

国王陛下颁布了一道诏令，宣称他将每月一次亲临一个臣民的家，并在那里进餐。朝廷的反对派就立刻散布舆论，说这种做法是"收买人心"。国王无论干什么，反对派准会发表点攻击性的评论，把国王贬得一钱不值；什么"好大喜功"啊，"怯懦无能"啊，等等，不一而足，向来如此。在他们眼里，国王跟他们最为格格不入之处，就是陛下的所作所为虽然达到了与他们一致的目标，但竟采取了他自己的方法。这也是他们最不能原谅国王的一点。这回，国王去臣民家里进餐一事，他们只报以耸耸肩膀，鄙夷地斥之为"收买人心"。哪里知道，这次他们可错怪了国王。因为国王的这项决定，看来事体不大，却有深刻用意。国王向来研究历史，深知曾有许多王朝由于不懂得跟人们保持接触的重要性，不察民情，进而失掉民望，最后归于灭亡。而国王本人，自从登极以来，已经察觉到显赫的王权在他跟臣民之间正在垒起一堵无形的墙壁，而且越垒越高，根本用不着设岗戍卫，却比王宫的真墙更加难以逾越。猜疑本身就是卫兵，从隔阂发展到互不体谅是顺乎情理的。而今国王就是想打破这种局面，方法虽然天真一些，却是体面的。总之，陛下的主意已定：每月都要到他治下的百姓家里进餐一次。内阁的好几位大臣为此很不高兴，警察总长尤为惶恐。他对付街头群众集会、防范爆炸暗杀事件之类是装备有余的，而对付一家一户、日常生活诸环节的问题，例如菜里放毒等，却毫无经验。其他大臣害怕的却是另一回事。过去，他们是国王得到消息的唯一来源，现在如果陛下忽然发现大臣们自己原来一无所知，而他们却一直在谎称民意，那可如何是好！那些高官显贵、朝廷的在野派、新闻界、各种工会无不声称自己是代表民意的，可是当人民真有机会开口说话的时候，他们又惊恐万状。谢天谢地，好在老百姓早已丧失了讲话的机能，甚至失掉了讲话的兴趣；可是谁又能保证在家庭场合的饭桌上他们不兴之所至地来点胡说八道呢……

国王陛下对受到的款待和吃的饭菜都非常满意。在豪华的王宫里，有一道菜是国王不好意思点的，那就是布纪侬风味牛肉。但是这个普通的家庭主妇怎么偏偏就猜到了国王想吃这个菜呢？她又怎么知道国王一直盼着能大杯痛饮都兰纳的葡萄酒？

国王陛下询问了五个孩子的情况：名字叫什么，学习怎么样，身体有没有病等，然后，他很不自然地笑笑，试探着说道：

"咱们来谈点儿政治吧！"

"谈这个有什么用，"孩子们的父亲说道，"俺倒不是恭维您，我们在这玩艺儿上想的跟您一样。俺常叨咕——不信您问孩子的妈，俺说，俺要是个当官儿的，想办的事也不是别的，就是现在他们办的那些。国王陛下真是俺们的大恩人，祝他万岁万万岁！"

他的妻子直点头表示同意，但又有点难为情地补充说：最好能改动一下学校放假的日期。

国王听了大为高兴，说："这正是最近教育大臣向我提出的建议。年轻人，你们呢？没有什么不顺心的事要说一说吗？——太太，能不能给我再来点儿布纪侬牛肉？"

"不顺心的事可没有，什么都顺顺利利，"大孩子话音渐渐平稳起来。"但是关于服兵役，我有个请求。"

他所提的问题，同样是在内阁会议上有人提出过的。这时候，孩子们的胆子越来越大了，每个人都提了一条建议，每条建议都是同样年龄孩子所感兴趣的改革，而且这些建议几乎全都是在朝里议而未决的问题，其中有几个，恰恰是国王本人在内阁会议上一直持反对意见的。这时，他嘴里不说，心里暗记着，准备予以重新考虑。这是个好心眼的国王。世界上这样好的国王可不多。

半夜11点，国王和老百姓分别了，彼此都感到十分满意。一直在简陋的屋门外，焦急地等候着的三位大臣和警察总长从国王的脸上看出了这一点。

　　一位大臣说："我们冒昧地给这户人家带来了一些礼品，请陛下俯允！"

　　"这个主意不错，"国王说，"如果以我本人的名义来送，倒可能引起误解。明天见吧，先生们，我真非常高兴！"

　　四位大臣向国王行礼告别，然后他们进了屋，向出场的七个演员付了预定的酬金。正当他们要离开的时候，忽然听到脚底下似乎有点什么响动。

　　"哎呀，"警察总长大声喊叫，"我差点儿把他们忘了（原来，三个半钟头以来，这所房子的真正主人一家一直被关在地窖里，悄悄地呆着，感到时间太漫长了）。我希望还能剩下点儿布纪侬牛肉给他们……"

雪茄传奇

[法国] 阿波利奈尔

"离现在几年以前,"德·奥尔梅桑男爵对我说,"我的一个朋友送给我一盒哈瓦那雪茄,郑重地对我介绍说,此烟的质量,同已故英国国王不可或缺的雪茄一般无二。

晚上,我揭开盒盖,名不虚传的雪茄香气四溢,令我欣喜无限。我把这些雪茄比作兵器库里井然排列的水雷,和平的水雷!我梦想发明出来排遣愁闷的水雷!接着,当我小心翼翼地取出其中一支的时候,我发觉我的比喻并不恰切,它似乎更像黑人的一根手指。金色的烟纸圆环更增加了美丽的棕色皮肤给我的幻觉。我弄穿雪茄,点燃了它,乐滋滋地吸了起来。

不一会儿,我嘴里只感到味道不对劲儿,烟味似乎有一种烧焦的纸的气味。

"英国国王在抽烟方面,"我自言自语,"口味倒并不如我所想象的那么考究。总之,时下大行其道的欺诈行为并没有放过王宫和爱德华七世的喉咙,这是可能的。今非昔比。再没有办法抽到一支好雪茄了。"

我皱了皱眉,不再抽这支散发出纸焦味儿的雪茄。我端详了它一会儿,心想:自从美国人控制了古巴,岛上或许可以繁荣起来,但哈瓦那雪茄却没法抽了。那些美国佬一定把现代耕作方式应用到烟草种植上,烟厂女工也肯定被机器取而代之了。这一切或许颇为经济,发展很快,但雪茄却大异其味,因为我眼前想抽的雪茄使我有充分理由相信,那些制造假货的家伙已经染指其间，而浸润了尼古丁的旧报纸也代替了哈瓦那烟厂的烟纸了。

我作了如此这般的联想，已经拆开了这支雪茄，想检查一下这支烟的构成成分。我并不十分惊奇地发现了一个安放得并不妨碍抽吸的纸卷儿。我迫不及待地展开了它。纸卷儿由一张烟纸构成，似乎是为了保护它，外面还裹着一个封了口的信封，信封上写着一个地址：

哈瓦那　洛杉矶街
唐·何塞·乌尔塔多·巴拉尔先生

在那张上缘稍被烧焦了的烟纸上，我目瞪口呆地读到了几行出自女性手笔的西班牙文，下面是它的译文：

我并非自愿地被关在麦尔塞德修道院，请求这位想要探究这支劣质雪茄组成成分的善良的基督徒，把所附的信按址寄出。

我既惊愕又感动，抓起了帽子。为了使这张纸条子在寄不到的情况下能够退回给我，我在信封背面署上我的名字作为寄信人。在这之后我把信送到邮局。然后我回到家里，点燃了另一支雪茄。棒极了。其余的也一样棒。我的朋友没有弄错，英国国王对哈瓦那烟草非常之在行。

这件传奇事件过去了五六个月，当我已经不再想它的时候，一天我被告知，有一个黑人男子和一个黑人女子来访，他们衣冠楚楚，坚持请我一见，并说我本人不认识他们，他们的姓名可能对我没有什么意义。

我不胜惊异地走进客厅，那一对异邦人已被引进到那里了。

黑人先生神态自然，用清晰明白的法语作自我介绍：

"我是，"他对我说，"唐·何塞·乌尔塔·巴拉尔……"

"什么！是你？"我吃惊地叫起来。我立刻想起雪茄的故事。

但是，我必须承认，我从来没有想到过哈瓦那的罗密欧和他的朱丽叶会是黑人。

唐·何塞·乌尔塔多·巴拉尔彬彬有礼地又说：

"是我。"

他介绍他的同伴，补充说道：

"这是我的太太。多亏了你的热情帮助，她才能成为我的妻子。因为她的长辈们无情地把她关进了修道院，在那里，修女们整天都在制造主要销往教廷和英国宫廷的雪茄。"

我还没有回过神来。乌尔塔多·巴拉尔继续说：

"我们俩都出生在富裕的黑人家庭。这样的家庭在古巴为数不少。但是，你能相信吗，种族偏见，同在白人家庭里一样，在黑人家庭里也存在。

"我的多萝雷丝的父母亲无论如何也要把她嫁给白人，他们尤其希望找个美国佬女婿。对于她坚决要嫁给我的决心，他们忧心如焚，便叫人极端秘密地把她关进麦尔塞德修道院。

"我无法找到多萝雷丝，万念俱灰，准备一死了之。这时，你好心付邮寄出的信使我恢复了勇气。我带走了我的未婚妻，从此她就成了我的太太……

"那么，那是一定的，先生，如果我们不把巴黎作为我们蜜月旅行的目的地，我们就未免忘恩负义了。我们有义务来巴黎向你道谢。

"我眼下领导着哈瓦那的一家雪茄烟厂，其规模在哈瓦那是屈指可数的。我想要补偿由于我们的缘故使你抽了劣质雪茄的损失，每年给你寄赠两次上等雪茄，只待征询了你的口味就寄出第一批。"

唐·何塞的法语是在新奥尔良学的，他的妻子说的法语没有一点地方口音，因为她是在法国受的教育。

不久，这一充满传奇色彩的奇异事件的两位年轻的主人公便回哈瓦那去了。我必须补充说明一下，不知是薄情寡义呢，还是婚姻不美满，唐·何塞·乌尔塔多·巴拉尔从来没有使我得到他原先对我承诺的雪茄。

里昂怪物或情欲

[法国] 阿波利奈尔

从前,里昂有个姓哥雷纳的丝绸厂主,他那非常虔诚的父母给他起了加埃唐的名字,因为他是教皇逃到加埃塔的那一天出世的。

加埃唐·哥雷纳成了一个仁慈的天主教徒。他继承了父亲巨大的财产,在接替了父亲的位子以后,娶了一个体面人家的姑娘为妻。

他的财富在增加,夫妻和睦幸福,只是美中不足,结婚三年还没有孩子。

因为希望得一个孩子,他让妻子遵从最负盛名的医生的嘱咐,他也带她去了所有治疗不育的著名灵泉,但都枉然。

最后,认识到人的力量是无能为力的,他同意了妻子的看法,转而求助于教会。他照着妻子的听忏神甫的忠告去做。然而最著名的圣地的神力被发觉是有缺陷的,最热情的祈祷也告徒劳。

里昂的这位制造商用了数不清的日子请求宽恕,他的配偶却依然如故,不会生育。他出言不逊,亵渎上天了,怀疑教理了,最后丧失了对他的神甫们的信任。这个自以为是的男人无法容忍天主竟然对他丝毫不加眷顾。他不再去忏悔,不再领圣体,不去参加祭礼,还中止捐助他一直在支持的慈善事业。

他重温了拿破仑的历史,甚至盘算起把不会生育但不管丈夫变得怎样始终虔诚如一的妻子弃掉。就在这时,他找到了一个寂寂无闻但医术高明的医生。这位医生了解到富有的丝绸厂主的苦恼,着手治疗,用尽方法，使得那块不毛之地又适合播撒种子。

当他的妻子有一天向他宣称，根据种种不容置疑的迹象，她已经意识到怀了孕，而且，如果这次怀孕有好的结果，她甚至希望以后还再怀孕，这时他快活得快要窒息。这样，制造商更加坚定自己对宗教的蔑视，在这件事情上还向妻子倾诉肺腑之言，以期改变她诚敬的信仰。

作为善良的天主教徒，这位太太把这一切原原本本地告诉了自己的听忏神甫。

听忏神甫是个正当盛年的壮健教士，信仰非常执著，他认为，为了让天主的统治无所不在，是可以任意施为的。得知制造商不信教造成的丑闻，他感到痛苦，看到遵从他的神圣忠告的那些人所得到的结果，他感到懊恼。他懂得，因为这位太太的怀孕，撒旦一度变得最有力了。教士试图把迷途的羔羊引回羊圈。

的确，上天要对加埃唐·哥雷纳亵渎宗教的行为给予彰明较著的报复。一个做晚祷的夜晚启发了这位教士搞一个恶作剧，它获得了完全的成功。

夏季的一天，教士知道了那位丈夫在里昂处理事务，而妻子在乡下，便脱去教袍，穿得尽量地破烂，装扮成像个流浪汉、走家串户的货郎、穷汉、叫化子、无赖、游手好闲的人或是流浪短工的模样，就像人们可以在所有道路上见到的那种人。

如此这般穿戴以后，他来到村里，在那里，怀孕的太太正独个儿望着窗户在发闷。正是夏天炎热的日子，时当中午，假流浪汉走近墙边那位正百无聊赖的太太的窗下。他做了一个不必说出名儿来的自然动作，展示一根带研钵的捣杆，一条赶羊鞭，一支罗宾笛子，更妙的说法是，一只黄莺儿，就是许多太太喜欢听它唱"主啊，矜怜我们！"的那种黄莺儿。那位太太尽管虔诚，却也不是无动于衷，而是极想做捣杆的那个研钵，做那个黄莺儿的笼子。然而，她是个正派人，她不能去满足自己的情欲，但她心痒难抓是肯定的。

虽然关于孕妇的情欲现象，好多学者仍然争论不休，我倒觉得可以肯定，那位太太怀的是女胎。因为她几个月以后就分娩了，可是当丈夫激动异常，想要知道他的孩子的性别时，接生婆却举臂朝天，说："一个妖怪！"给她当助手的医生则说："一个阴阳人！"

由于这一怪异事情，富有的丝绸厂主痛苦得几乎发疯。认识到一切都是天主的手造成的，他回心转意了，变成了虔诚的信教人，捐助了大笔钱给慈善事业，以他的诚敬感动了所有的人。

那位教士得知了发生的一切以后捧腹大笑，又滚又跳，最后他去忏悔了。不过本堂神甫拒绝饶恕他，他不得不去主教那里请求宽容。

两性畸形儿很快就一命呜呼了。已经变得虔诚的加埃唐同他的妻子生活幸福，他们生下了很多孩子。

奥诺雷·苏布拉克失踪之谜

[法国] 阿波利奈尔

虽然做了细致周密的调查,警方仍然没有能够廓清奥诺雷·苏布拉克失踪之谜。

他是我的朋友,而因为我了解他的案情的真相,我尽义务,让法官了解发生的情况。接受我的申述的法官听了以后,对我采取了异乎寻常的客气态度,我毫无困难就明白,他把我当成了一个疯子。我把这种感觉告诉了他,他变得更加彬彬有礼,然后站起来,把我往门外推。我还看见他的书记官,矗立着,双拳紧握,准备向我扑来,如果我奋力抵抗的话。

我没有再坚持,奥诺雷·苏布拉克案情确实荒诞离奇,其真相显得令人难于置信。通过报纸的报道,人们已经了解到,苏布拉克被看作是个怪物。不管严寒酷暑,他总是穿一件宽大的外套,脚上只穿拖鞋。他非常富有,这种穿戴便使我迷惑不解,于是有一天我便向他请教其中原因。

"这是为了必要时脱起来快当一些,"他回答我说,"总之,我很早就习惯于外出的时候穿得很少。不穿衬衣、袜子、不戴帽,方便极了。我从25岁以来就这样生活,而我从来没有生过病。"

这些话非但没有使我明了,反而更激起了我的好奇。

"那么,"我想,"奥诺雷·苏布拉克为什么要那么快脱掉衣服呢?"我作了许多猜想……

一天晚上——可能是子夜一点，一点一刻了，我回家里。我听见一个低微的声音在呼唤我的名字。我觉得声音是从我紧挨着的墙边发出来的。我骇然停住了脚步。

"街上没有人了吧？"那声音又说，"是我，奥诺雷·苏布拉克。"

"你在哪儿呀？"我喊道。我环顾四周，仍然无法想到我的朋友可能的藏身之地。

不过，我发现了他那件遐迩闻名的宽大的外套搁在人行道上，旁边是他那双名声并不稍逊的拖鞋。

"这可就是，"我想，"迫使奥诺雷·苏布拉克顷刻间脱去衣服的一种情况了。我终于可以了解到一个绝妙的秘密啦。"

于是我大声说：

"街上没有人，亲爱的朋友，你可以现身啦。"

突然，奥诺雷·苏布拉克可以说从墙上冒了出来，我并未发觉原来他是紧贴着墙。他全身赤裸，首先抓起他的外套披在身上，飞快扣上钮扣，然后穿上鞋。他对我侃侃而谈，陪着我一直到我家门口。

"你感到吃惊了吧！"他说，"不过你现在知道了我穿着如此怪诞的原因了。但是你不明白我怎么能够完全地逃开你的视线。其实很简单，那不过是一种拟态现象……大自然是个可爱的母亲，她给予她的那些受到危险威胁而无力自卫的孩子们一种同周围环境融为一体的天赋……但这一切你是知道的。你知道，蝴蝶同鲜花相像，某些昆虫同叶片类似，变色龙会奇妙地变成一种把自己隐匿起来的颜色，而极地的兔子，白得就像冰雪大地，在那里，这种胆子小得如同我们农田里的野兔的白兔，也可以不被发现地逃得无影无踪。

"就这样，这些弱小的动物，因为有改变外形的本能而能够从敌人那里逃脱。

"而我，不断被一个敌人所跟踪，终日战战兢兢，感到在争斗中无法自卫，同那些动物如出一辙：我心随意转，由于恐怖而同周围环境混而为一了。

"我第一次使用这种本能，已经是好多年以前的事了。我那时年交二十，一般地说，女人们都觉得我讨人喜欢，长得极帅。其中有个已经结了婚的女子，对我表示了巨大的热情，我无法抗拒。多么要命的私情！……一个夜晚，我在我那情人屋里，她那个所谓的丈夫出门去了，要过好几天才能回来。当我们像神祇那样赤条条一丝不挂的时候，门却突然被打开了，那位丈夫手持手枪出现了。我的恐惧难于用言语表述，我原来是并且现在还是那么怯懦，我只有一种愿望，这便是逃之夭夭。我紧贴着墙，恨不得自己同它混为一体。而意外的事情立刻变为现实，我变成了糊墙纸的颜色，四肢不可思议地任意变扁变平，我感到已同墙壁合为一体，从此没有人能够看见我了。确实如此，那位丈夫搜寻我，要把我置之死地，他原先已经看见了我，我是不可能逃出去的。他简直变成了疯子，并把他的愤怒转移到他的妻子身上。他向她的头部开了六枪，野蛮地把她杀死。接着他哭喊着离去了。他走了之后，我的身体本能地又恢复了正常的形状和天生的颜色。我穿上了衣服，终于在没有人到来之前溜走了……此后，这种属于拟态范畴的天幸的功能我便保持了下来。而那位丈夫因为没有把我杀掉，便把他的余生用来完成这个使命。他到处追踪我，我想躲避他，便来到巴黎居住。可是，当你刚才走过的前一刻，我发现了这个家伙。恐惧使得我上下牙齿打架，我只有脱去衣服同墙壁混为一体的时间。他从我身边走过去，好奇地瞧了瞧丢在人行道上的这件外套和这双拖鞋。你该明白我是多么有理由穿得简单了。如果我同大家一样穿着，我的拟态功能便无法施展，我不可能一下子脱掉衣服逃脱我那屠夫的手心。而首先，至关重要的是，我必须赤露全身，以便我的衣服在我紧贴墙壁的时候不至于使我自卫逃遁变得徒劳。"

我祝贺苏布拉克具有这种我可以证明的并且极为羡慕的功能……

在以后的日子里，我脑子里就尽想着这件事情。我时时惊讶地发现，我总是把自己的意愿朝向改变自己的形状和颜色这个目标。我试图把自己变成公共汽车，变成埃菲尔铁塔，变成学士院院士，变成头彩中奖者。我的努力均告徒劳，我变不过来。我的意愿不够强烈，同时我也缺乏那种神圣的恐惧，缺乏唤醒奥诺雷·苏布拉克那种本能的巨大危险。

当有一天他惊恐万状到来的时候，我已经有一段时间没有看见他了。

"那个家伙，我的对头，"他对我说："无所不在地守候着我。我施展我的功能居然三次躲过了他，但是我害怕，害怕呀，我的朋友。"

我发觉他消瘦了，不过我没有说给他听。

"你只剩下一件事可做，"我向他宣告，"为了躲避如此无情的敌人，走！躲到一个村里去吧，让我来照料你的生意，马上到最近的车站去吧。"

他拉着我的手说：

"送送我，我求你，我害怕。"

我们在街上默默行走。奥诺雷·苏布拉克总是神情不安地频频回头观望。突然他大叫一声开始了奔跑，同时脱去外套和拖鞋。我看见一个汉子从我们后面走过来。我企图阻挡他，但他摆脱了我。他手持左轮手枪，瞄准着奥诺雷·苏布拉克的方向。奥诺雷·苏布拉克到了兵营的一堵长长的墙边，魔术般地消失得无影无踪。

持枪汉子惊愕地停下来，怒吼了一声，好像是要报复似乎从他手里夺去他的牺牲品的墙壁，他向着奥诺雷·苏布拉克消逝的地方发射了几颗子弹，然后跑着离去了。

人们聚拢过来。警察走来驱散了他们。这时我呼喊我的朋友，但他没有应答我。

我触摸了一下墙壁，它仍然是温的，我发现六发左轮子弹中有三发射向人体心脏那个高度，其余几发擦掉了石灰，再高一点的部位，我依稀认出一个脸面的轮廓。

一个幸运的贼

[法国] 莫泊桑

他们坐在巴比佐恩一家旅馆的餐厅里。

"我告诉你,你也不会相信的。"

"哎呀,你讲你的呗。"

"好,讲就讲,但是我得首先声明,我所讲的,无论从哪方面说都是绝对真实的,尽管听上去好像不可能。"于是老画家便讲起了他的故事:

"那天晚上,我们三个人在索里尔家聚餐,最后都喝得有几分醉意了。我们这三个年轻的狂徒是:我、索里尔(可怜他现在已经死了)和海景画家普瓦特文(他也不在人世了)。

"我们四肢伸展着躺在紧挨画室的一间小屋的地板上,我们三人中唯有普瓦特文头脑还比较清醒点。索里尔总是那么疯疯颠颠的,他把双脚搭在一把椅子上,仰面朝天地躺着,讨论什么战争和皇帝的服装之类的事情。说着说着他突然一跃而起,拉开他收藏着一套轻骑兵制服的大抽屉,将制服穿在身上,然后他又拿出一套掷弹兵的制服让普瓦特文穿上。普瓦特文说什么也不肯穿,于是我们俩硬给他套上了,衣服太大,几乎把他包起来。我把自己打扮成一个甲胄骑士。待一切都准备停当以后,索里尔开始操练我们,他大声地说:既然我们都当了军人,就让我们喝得像军人的样子。

"我们拿出大碗,再次开宴。我们拉开嗓门高唱起旧日的军歌。尽管普瓦特文这时已喝得酩酊大醉,他还是突然地举起一只手说:'静一静,

我敢保证我听见了画室里有人走动的声音。'

"'有贼!'索里尔晃晃摇摇地站起来说,'运气来了!'他开始唱起马赛进行曲:'拿起武器,公民们!'

"然后他从墙上摘下几件武器,按照我们的制服装备起来。我得到的是一把火枪和一把长剑,普瓦特文拿着一支上着刺刀的长枪,索里尔没有找到称心的武器,抓起一把手枪插到皮带上,他手里握着一把大板斧,小心翼翼地打开了画室的门。当我们走到画室中央的时候,索里尔说:

"'我是将军。你(指我),甲胄骑士,负责切断敌人的退路。你(指普瓦特文),掷弹兵,作我的护卫。'

"我执行命令断后,这时我突然听见一种可怕的声音,我端着蜡烛想去看个究竟,只见普瓦特文用刺刀向那个地方乱刺,索里尔也用斧子狂砍一通,当弄明是搞错了以后,'将军'下达了命令:'要慎重点!'

"我们查看了画室的每一个角落,足足查了有二十分钟也没有找到任何可置怀疑的东西,后来普瓦特文认为应该检查一下碗橱。由于碗橱很深,里面很暗,我端着蜡烛过去查看。可把我吓坏了,一个人,一个活人站在里面往外看我,我马上镇定下来,忽的一下子就把柜门锁上了。然后我们退后几步商量对策。

"我们各有各的想法:索里尔想用烟把贼呛出来,普瓦特文想用饥饿制服那个家伙,我的主意:是想用炸药炸死那个贼。最后我们还是采纳了普瓦特文的意见。我们把酒和烟拿到画室来。普瓦特文警惕地背着枪,我们三人坐在碗橱前,为俘虏的健康开怀畅饮。我们又饮了很长一段时间酒以后,索里尔建议把俘虏押出来瞧一瞧。

"'对!'我大声地附和着说。我们抓起武器,一起朝碗橱疯狂地冲击,索里尔端着没有上子弹的手枪冲到前面,普瓦特文和我像疯子似地叫嚷着跟在后面。打开柜门后把俘虏押了出来。他是个形容憔悴、白发苍苍的老头,身上穿着破烂衣服。我们捆上他的手脚,将他放在椅子上,他没有吭声。

"'我们审讯这个恶棍!'索里尔厉声地说。我也认为应该审讯这个家伙,普瓦特文被任命为辩护人,我被任命为执行人。最后俘虏被判处死刑。

"'现在就枪毙他!'索里尔说,'不过,不能让他不作忏悔就死啊。'他又有所顾虑地加了一句,'我们去给他请一个神甫来。'

"我没有同意,因为深夜不便去打扰神职人员。他建议我代为行使神甫的职权,并立刻命令俘虏向我忏悔罪过。老人早已吓得魂不附体,他不知遭我们是哪种类型的暴徒,他开口讲话了,声音空洞沙哑:

"'你们要杀死我吗?'

"索里尔逼他跪下,由于心虚,他没有给俘虏施洗礼,只往他头上倒了一杯兰姆酒,然后说:'坦白你的罪过吧,不要把它带到另一个世界去。'

"'救命啊!救命!'那老头在地板打滚拼命地嚎叫。怕他吵醒邻居,我们塞住了他的嘴。

"'来,我们把他结果了吧,'索里尔不耐烦地说。他用手枪对准老头勾动了扳机,我也勾了扳机,可惜我们俩的枪没有子弹,只听枪空响了两下。在一旁看着的普瓦特文说。

"'我们真有权利杀死这个人吗?'

"'我们不是已经判处他死刑了吗?'索里尔说。

"'那倒是,不过我们没有权利枪毙一个公民,我们还是把他送到警察局去吧。'

"我们同意了他的建议,由于那个老家伙不能走路,我们把他绑到一块木板上,我和普瓦特文抬着他,索里尔在后担任警戒。我们把他抬到了警察局,局长认识我们,知道我们爱搞恶作剧。他认为我们闹得实在太过份,笑着不让我们把在押犯抬进去。索里尔非要往里抬,局长沉下脸来,说我们不要再发傻了,赶快回家去清醒一下头脑。无奈我们只好把他再抬回索里尔的家。

"'我们拿他怎么办呢?'我问道。

"'这个可怜的家伙一定很累了!'普瓦特文怜悯地说。

"他看上去已经半死了,我也不禁动了恻隐之心,我把他嘴里塞的东西掏了出来。

"'喂,我说你感觉怎么样啊?'我问他。

"'哎呀!我实在受不了。'他呻吟着说。

"这时索里尔的心也软了下来。给他松了绑,开始像对一个久别的老朋友一样款待起来。我们马上斟满了几碗酒,递给我们的俘虏一碗,他连让都没让,端起碗一饮而尽。我们几人觥筹交错痛饮起来。那老人真是海量,比我们三个人加在一起还能喝。当天蒙蒙亮时,他站起来心平气和地说:'我得告辞了。'

"我们再三挽留,但他坚持不依,我们怀着惋惜的心情送他至门口,索里尔高举着蜡烛说:'你的晚年可要当心啊!'"

天堂的来客

[法国] 塞涅奥

从前有个骗子来到一户人家,见到只有一位老太婆,便请求让他进屋坐一会儿。

老太婆问道:"先生,你从哪里来?"

骗子说:"我从天堂来,现在正要回去。"

老太婆信以为真,又问:"你从天堂来,一定见过我可怜的丈夫了。他已死了十年,可从来没有一点消息,不知现在怎样了?"

骗子说:"噢,我听说过你的丈夫。可惜他至今不能进天堂,因为他还没交一百法郎,只好在天堂门外等候。"

老太婆忍不住哭了起来:"我可怜的丈夫呵!——先生,等我儿子回来商量商量,就拜托你捎一百法郎给我丈夫吧。"

骗子不敢见他的儿子,说是急着要赶路回去。又说:"假如你不快点把法郎交给我,就让你丈夫在天堂门外老等吧。"

老太婆着了慌,赶紧说:"既然你忙着赶路,就请你马上把这一百法郎捎给他,拿着吧。"

骗子离开不久,老太婆的儿子回来了。他听他妈妈谈起这件事,知道上了当,便说:"可怜的妈妈,你真傻,怎么把钱交给陌生人呢?他往哪条路走的?让我去追。"说罢,他骑上马,挥舞鞭子飞跑而去。

骗子见有人追来,坐在路边假装休息。

老太婆的儿子问:"你没见过有人往哪里逃吗?"

骗子说："刚才有个人急急忙忙钻进林子去了。"

树林密密麻麻，老太婆的儿子看马匹进不去，便央求骗子："请你帮我照管一下马匹，行吗？"

骗子回答："好说，好说。"

老太婆的儿子跑进树林，骗子趁机骑马远走高飞……

老太婆的儿子从树林里回来，不见了骗子，知道上了当，只好灰溜溜地回家去。老大婆问他："你追上那陌生人吗？"

她儿子回答："追上了，我把马也给了他，好让他更快地赶回天堂去见爸爸。"

窃 贼

[法国] 阿·康帕尼尔

"是的,我是个窃贼。"老头伤心地说,"可我一辈子只偷过一次。那是一次最奇特的扒窃。我偷了一个装满钱的钱包。"

"这没有什么稀奇的。"我打断他道。

"请让我说下去。当我把偷到的钱包装进自己的衣兜时,我身上的钱并没有增加一个子儿。""那钱包是空的?""恰恰相反,里面装满了钞票。"我走近那老头,又给他斟了一杯葡萄酒。他开始讲述自己的经历:

"当时,我乘火车从斯米纳到苏萨尔去。那是个匪盗经常出没的地区。我坐的是三等车。车厢里除我而外,就只有一个衣衫褴褛、正在酣睡的汉子。他的左脸颊上有一块明显的伤疤。从相貌到衣着,这家伙看起来都像个罪犯。我想换一个车厢,可是车厢之间没有连通的门。于是,我只好硬着头皮单独同这个危险的家伙共处三个小时。火车行驶在前不挨村、后不着店的荒野,车上的旅客寥寥无几。在这种环境里,要想杀死一个人,然后把尸体从车窗扔下去,简直是小事一桩。

"外面的天渐渐黑了下来。我两眼死死盯住车里的警报器。可是,后来,我打了一会盹儿。我刚睁开眼睛便发出一声惊叫。因为陌生的旅伴正弯腰站在我面前,锐利的双眼盯着我,乱蓬蓬的胡须已经触着我的面颊。我吓得一下子蹦起来,想去拉警报器。可是那人抓住我的手臂,哀求似地看着我,说:'您不用害怕。我正要请求您允许我坐在您身边,用您的毯子搭一搭我的身子。我感到很冷。'

"陌生人的声音在颤抖，一股怜悯之情涌上我的心头。我犹豫着。他又说：'您把我当成小偷了，对不对？每一个见到我的人，都把我当成下流的小偷看的。'

"'真的吗？'我松了一口气，歉疚地挪动了一下身子，让他坐到我身边。

"是的。'那人说，'我多么喜欢做一个小偷啊！我的整个性格，所受的教育和成长的环境，都注定我特别适合这一职业。可是……我不能去偷。'

"'是什么阻止你去偷呢？'我好奇地问。

"'长着这样一副相貌，我怎么能够去偷呢？无论我走到哪里，大家都提防着我。要是碰巧附近有人的东西正好被偷了。第一个被怀疑的对象就是我。'

"我瞅着他那张窃贼一样的面孔，脑海里闪出了一个鬼主意：我要是试一试把这个总不走运的窃贼的钱包偷过来，那将是一个多么精采的恶作剧！眼疾手快，不动声色。上帝保佑！几分钟后，窃贼那鼓鼓的钱包被放进了我右边衣袋。火车停下后，我的旅伴竟免了我再劳神去换车厢。他站起来对我说：

"'我到家了。谢谢您，祝您旅行愉快！'

"我等他下了车。急忙从衣兜里掏出偷来的钱包。我顿时目瞪口呆。手里拿的正是我自己的钱包。那家伙趁我听他诉苦的当儿，神不知鬼不觉地把我的钱包偷走了。幸好趁他不注意时，我又把它偷了回来。

"这就是我一辈子唯一的偷窃行为。钱包偷到手了，可我的钱并没有因此而增加一分。你看见了吧，我并没有骗你。"

老头的故事刚讲完，我就急忙站起来，大方地付过酒钱，转身走了。我这样做，完全是有原因的：在他向我讲述自己偷窃经历时，我用我那训练有素的灵巧手指，将他的钱包掂过来装进了自己的衣兜。我急切地想知道那钱包里究竟有多少钱。我相信。老头所说的那种巧遇，这次绝不会重演。我肯定不会从自己的衣兜里掏出自己的钱包来。因为我身上从来不带钱包。拐过一个街角，我把手伸进自己的衣袋。天哪！里面什么也没有！这老家伙太鬼了！他第二次偷回了自己的钱包。

第二次？谁知道他自己偷了自己多少回呢？

照章办事

[德国] 拉里夫·维内尔

深夜,我走进车站理发店。
"非常抱歉。"理发师殷勤可亲地微笑着,"按照规定,我只能为手里有车票的旅客服务。"
"反正现在你们店里连一个顾客也没有。"我试着提出异议,"既然如此,是不是可以来个例外……"
理发师朝我这边稍稍转过他的脸。
"尊敬的先生,要知道现在是夜里。我们得遵守规定。一切都应照章行事呵!只有旅客才能在这儿刮脸理发!"说完,他又把脸扭过去了。
于是我走到售票窗前。
"请给我买一张火车票。"
"您上哪儿?"
"哪儿都行,反正对我都一样。"
"别装疯卖傻了!"年轻的女售票员发火了。
"我一点儿也没装疯卖傻。"我平心静气地说,"您只要卖给我一张离本站最近的那一站的票就行了。"
"您指的哪一站?"
"可爱的姑娘,我已经对您说过了,随便哪一站都行。"
女售票员显然焦躁不安了:
"您起码应当知道要上哪儿去呀?"

"我根本不打算上任何地方去。"

女售票员感到十分好奇：

"既然您不打算去任何地方，干嘛买票呀？"

"我想理个发。"

"砰"的一声，售票的小窗子关上了。我等了一会儿，又小心翼翼地敲了敲窗玻璃。

"姑娘。"我竭力使自己的语气和缓一些，"好了，请给我买张票吧！"

她像瞅一个疯子似地打量着我。然后便开始翻起一本什么书来。

"是理发店问我要车票！"我朝那紧闭着的小窗子喊了起来。

女售票员把窗子打开了一条缝：

"理发师要什么？"

"他要车票。他只给有车票的旅客刮脸。"我重复道。直到这时，女售票员似乎才弄清楚是怎么回事。

"好吧，卖给您一张去莱布尼茨车站的票。您付六十分尼吧！"

我手里攥着买到的火车票，第二次走进理发店：

"请看，这是我的车票，现在我想刮一下脸。"

然而，理发师的头脑并不那样简单。

"您并不打算乘车上路？"他问。

"可我已经给您看过这张到莱布尼茨的车票了呀！难道这还不够吗？"

"非常抱歉。"理发师把双手交叉在胸前，"如果您只是为了刮脸才买车票，那么在我们理发店您就难以达到自己的目的。我们这儿只为有车票的乘客服务。"

我艰难地喘了一大口气。

"可是劳驾！"我大喊起来，"我只要有这张车票，就可以上莱布尼茨去。在这种情况下，对您来说，我就是乘客！"

"但是您并不打算上任何地方去。"理发师冷淡而有礼貌地反驳着，"这样一来，尽管您手里有车票，不能算是乘客了。因此，我劝您放弃这种打算吧！"

我只好又来到售票窗前。

"姑娘。"我对女售员说，"车票也不顶事。请给我退掉吧。"

"不能退。"她遗憾地把两只手一摊。

"为什么?我还没有用它乘车旅行呀!"

"如果您是为旅行而买的车票,结果没有乘车,那我可以把票钱退给您。"女售票员笑容可掬地解释道,"一切都应照章办事。但是刚才一开始您就宣称并不打算旅行,因此您就无权退票。您是不是再找一下那个理发师?要知道您是为了他才买的车票呀……"

"也许您能代我为这张票付款?"我又找到了那位和蔼可亲的理发师。

"请等一下!"理发师放下手里的报纸说道,然后拿起桌上的电话,打完电话他说道,"好了,您现在可以刮脸了……"

"总算可以了!"我高兴地喊出了声。

"……不过不是在这儿。"理发师最后的一句话是,"而是在那儿——在莱布尼茨车站。"

一个小偷和失主的通信

[德国] 奥托·纳尔毕

第一封信　小偷致失主

尊敬的布劳先生：

　　想必您已获悉，您停在歌德路的汽车已经失窃。我就是小偷。鉴于我这个小偷向来和失主关系良好，谨提出如下友好的建议：您的车子里有一只放信函和文件的皮包，它们对我虽然无用，可我以为对您却尤为重要。现将这些东西放在哥德路40号的房子后面还给您。作为交换，请将有关汽车证件放在同一地方。您给我的信，也放在那里。顺致亲切的问候。

您的汽车小偷
1964年4月3日　法兰克福

失主的复信

尊敬的汽车小偷先生：

　　我不得不同意您的建议，因为我正急需那些文件。我的，亦即您的蓝色四座车证件，请于今天夜里24点钟到歌德路40号房子后面去拿。

马克斯·布劳谨上
1964年4月5日　法兰克福

第二封信　小偷致失主

尊敬的布劳先生：

下一期的汽车税（计2469马克），要在本周内付清，是吗？

您忠实的汽车小偷
1964年4月7日　法兰克福

失主的复信

尊敬的汽车小偷先生：

我谨遗憾地通知您，下一期的汽车税，您须在本周内付给财政局。拖延付款是要付高额罚金的。顺致敬意！

您的马克斯·布劳
1964年4月9日　法兰克福

请不要忘记把汽车保险费付给色柯里塔保险公司。又及。

第三封信　小偷致失主

尊敬的布劳先生：

请原谅我又写信给您。请问，车子耗油量是否需12～14公升？再则，左后轮漏气？

您的汽车小偷谨上
1964年4月10日　法兰克福

失主的复信

尊敬的汽车小偷先生：

我忘掉告诉您。我的，或者说您的车子亟待换只新胎，同您说的一样；汽油消耗的确很大。不说您也明白，车子已经很旧了。干您这一行的老是要在路上奔波，为您着想，我劝您把阀门换掉。

您的马克斯·布劳
1964年4月12日　法兰克福

第四封信　小偷致失主

尊敬的布劳先生：

　　财政局要求我补交税款 698.57 马克，十日内付清。此外，坐垫已坏，右方向指示灯不亮。您能否给我介绍个便宜的车房，当然要有暖气的，因为汽车很难发动。现在我为车房要付 50 马克。顺致崇高的敬意！

您的汽车小偷
1964 年 4 月 18 日　法兰克福

失主的复信

亲爱的小偷：

　　对您说来，除了付清车税以外，别无他法。顺便提一句，昨天夜里我突然想起，刹车已经不灵，请立即检查一下。此外，天气不好的时候——近来天公老是不作美——得修理车篷。

　　至于车房，我爱莫能助。过去，我的车子也经常露天停放。

您忠实的　马克斯·布劳
1964 年 4 月 23 日　法兰克福

第五封信　小偷致失主

尊敬的布劳先生：

　　我从您那里偷来的汽车，使我大伤脑筋。在一连串的故障中，昨天差点传动装置又坏了。如此之高的费用，我这个诚实的小偷实在承担不起。我想贴一笔小额的赔偿费，把车子还给您，望能同意为盼。顺致崇高的敬意！

您的汽车小偷
1964 年 4 月 25 日　法兰克福

失主的复信

最要好的朋友：

　　十分遗憾，由于您的严酷决定，我不得不结束我们之间美妙的通讯联系。您偷走了我的汽车，而我懂得了上帝为什么给我两只脚。我重新开始步行。过多的脂肪已经掉了好几磅，心脏跳动恢复正常，我完全忘记了心血管病是怎么回事。我不再看病，经济状况也大有好转。我还得取回我的车子吗？想都没有想过！故此，我决定拒绝您的建议，即使您上法院控告我。我决不接受被偷走的东西。顺致敬意！

您的　马克斯·布劳

1964年4月28日　法兰史福

考 验

[德国] 黑伯特·马内夏

雷德鲁夫耳边响起一阵刺耳的刹车声，他看到司机的脸由于恼怒而变得扭曲。他跟跟跄跄地一连两步跨上了人行道。

"您没受伤吧？"他感到有人扶住他的胳臂，他极力挣脱了那人的搀扶。"没有，没有，没事。谢谢！"当他发现眼前的这位老人正从上到下打量着他时，他若无其事地说着。

他感到膝盖一阵发软，几乎全身不适。他要是被车撞倒，躺在街上，马上就会有一群爱凑热闹的人围观，然后警察赶来，那样，情况就糟了。他现在不能倒下，只能继续往前走，悄悄地溜进亮堂的大马路上的人流中去。他心脏的剧跳渐渐地又缓和下来。三个月以来他还是第一次出现在城里，第一次置身在这么多人中间。他不能永远躲着，他必须摆脱一切，走出来，重新开始生活。他还得找到一条船，而且要尽可能在冬天来临之前找到。他的手轻轻地伸到西装上衣的左胸位置上，他摸到了放在衣服内口袋里的护照；这本护照伪造得很高明，他为这本护照确实花了一大笔钱。

街上的汽车一辆接着一辆，极缓慢地向前移动着，构成一条长链。人们从他身边走过，或向他迎面走来；他细心观察，他们并没有注意他。他感到，无数面孔像暴雨一样防不胜防，一张张苍白的面孔在五彩广告灯的不停变幻中呈现出五颜六色。雷德鲁夫尽力使自己的步伐同这许许多多人的步调一致，随着人流向前走。各种声音，断断续续的对话在他耳边回响，也有人在大声地笑。霎那间，他的目光停留在一个女人的脸上，她张着嘴，涂着口红的嘴巴看上去像是涂上了一道黑圈。汽车现在开动起来了，马达声嗡嗡作响。一辆有轨电车轰隆隆地驶过。人群，到处是人群，潮水般的人头和面孔，说话声和成百成千的脚步声。雷德鲁夫无意中用手摸了一下衣领。他发觉脖子上由于出汗而又湿又冷。

我到底怕什么呢，该死的幻觉，这么多人，谁会认出我来呢，他想。可是他却强烈地感觉到，他无法躲在这人群中间，像一个在水面浮荡的软木塞，不断地被碰撞，被水波推动向前。他突然感到一阵寒意。这不过是该死的幻觉罢了，他再一次自慰着。三个月以前完全是另一种样子，那时在每个广告柱上都贴着红纸，纸上用粗体黑字写着他的名字：耶斯·雷德鲁夫；好在早先贴出来的那照片现在已模糊不清了。他的名字当时以粗体字出现在各报纸的大标题上，渐渐地越写越小，后来在名字后面加上了问号，移到报纸的最后几栏，不久前几乎完全消失了。

现在雷德鲁夫拐进一条横街，人潮变成了涓涓细流，他又拐了几个弯，只能见到一些零零落落的人。这地方要暗得多。他松开领带，打开衣领。从港口那边吹来略带咸味的海风。他不禁打了一个寒战。

在他眼前横射过一条粗大的光束，照到马路上，有人从一家小酒馆里走了出来，随身散发着一阵啤酒味、烟味和食品的气味。雷德鲁夫走了进去。这间装饰得跟咖啡厅似的水兵小酒店几乎没什么人光顾，只有几个水兵围坐在一起，还有几位打扮得很耀眼的女招待坐在他们中间。小桌上点着小台灯，灯上配有红色的灯罩。室内角落里放着一架自动音乐播放机，开始放着震耳欲聋的音乐。柜头后面靠着一个赤膊的胖家伙。他只是漫不经心地抬起头随便看了看。

"两杯白兰地。"雷德鲁夫吩咐着服务员。他发现他的帽子还拿在手里，于是便把它放在身后的一张空椅子上。他点燃了一支香烟，深深地吸了几口之后就感到已有些昏昏沉沉了。这儿很暖和，他便把腿脚尽量伸展开。扩音器已经在放另一首曲子。在声嘶力竭却又拖得很长的吉他声里，他听到邻座低声的谈话和一阵尖利的笑声。坐在这儿倒是挺舒服的。

柜头后面的胖子现在把头转向门口。门外有人用力地关上车门。紧接着有两个男人跨进酒馆,其中一个身材矮壮,他站到屋子中央。另一个穿长皮大衣的则朝雷德鲁夫的邻桌走去。这两个人都没摘下帽子。雷德鲁夫偷偷斜看过去,不禁大吃一惊。他看到那个高个子朝桌面俯身下去,手里握着一个闪闪发光的东西。音乐声停了。"他想干嘛?"他听到邻桌的黑人在说话。"他想干嘛?"他看到黑人的厚嘴唇又在启动。一位姑娘从手袋里翻寻出一张彩色卡片。"他到底想干嘛?"黑人执拗地重复着。那个高个男人已走到另一张桌子去了。雷德鲁夫用一只手紧紧地抓住桌沿。他看到,他的指甲都变色了。烟雾迷漫的屋子似乎在轻轻地晃动。他觉得,仿佛要在这倾斜的地面上和桌椅一起慢慢地向另一边滑去。高个子结束了他的巡视,向他的伙伴走去,那人两手插在大衣口袋里,一直站在屋子中央。雷德鲁夫看到他正跟那个高个子说些什么。他什么也听不见。然后那人径直朝他走过来。

"打扰了,"他说,"请出示证件!"雷德鲁夫根本就没有看那人手里圆圆的金属玩意。他按灭了手中的香烟,突然变得非常镇定。他自己也弄不明白,是什么使他一下子如此镇静,但他伸向西装上衣内口袋的手,却一点也感觉不到所触及的那件东西,那只手像僵硬的木头似的。那人慢慢地翻阅着他的护照,还对着灯光仔细端详了一番。雷德鲁夫盯着他蹙起的额头上的皱纹,一道,两道,三道,楚楚可见。大个子终于把护照还给了他。"谢谢!沃尔特斯先生。"他说。雷德鲁夫故作镇定,他听到自己的声音。"我可受不了,这样受人检查,就像——"他犹豫了一下,"像一名罪犯!"他的声音听起来很沙哑。其实他根本没大声说话。"有时候某些人和另一些人长得很像,"那人说着,咧开嘴笑了,似乎他在讲一个有趣的笑话。"有火吗?"他费力地从大衣口袋里掏出半截香烟。雷德鲁夫沿着桌沿将手中点燃的火柴向他递过去。那两个人终于走开了。

雷德鲁夫重新靠到椅背上。他的紧张情绪陡然放松了,脸上僵硬的镇定表情也缓和过来。他真想欢呼。这就是,这就是考验,他经受了这一考验。扩音器又重新响了起来。"嘿,您的帽子落下了。"柜头后的胖子提醒他。他走出酒馆,深深地吸了几口气,然后轻快地大踏步朝前走去,高兴得几乎要唱起来。

他又慢慢地走到繁华的街道上,灯火辉煌,商店、墙上闪耀着霓虹灯。一群人从一家电影院里涌出来,他们边聊边笑,他挤进人群,人们从他身边擦过时,他泰然处之。"汉斯,"他听到身后有个女人在叫他,她还抓住了他的胳膊。"抱歉,"他说着,并朝着她那失望的面孔笑了笑。真是漂亮极了,他内心里自语着。他继续朝前走,并理了理他的领带。黑得发亮的汽车从光滑的沥青路面上驶过,装饰在大厦正面的闪烁的霓虹灯像人工瀑布一样从上方连到下面,报贩们正吆喝着叫卖晚报。隔着一层水汽蒙蒙的大玻璃窗,他模模糊糊看见里面有一对对的人在跳舞;合着心跳的音乐节拍传到街上时已变得很微弱。他像是喝了香槟似的,要是他能永远像现在这样走下去该多好。他又重新回到人群中来,他能和其他人走在一起,不再感到不适了。随着人流他穿过广场,向一座大厅走去,大厅里挂着一串串白炽灯和巨幅标语,人们挤向大厅门前的售票处,不知从什么地方的扩音器里传来潮水般的音乐。

　　那儿站着的不正是刚才那位姑娘吗?雷德鲁夫依次站到她后面。她转过头,一股香水气味向他鼻子扑来。他挤进大门。音乐声仍似潮水般汹涌,他听到各种各样混在一起的声音。几名警察正竭力在维持秩序。一个身着制服的门卫接过他的入场券。"是他,就是这个人!"他突然喊叫起来,激动地用手指着他。人们纷纷转头朝他看,有个穿黑西装的人朝他走来,手里拿着一个闪闪发光的东西。刺眼的探照灯光向他身上射来。有人将一大束花塞到他手里。两位笑容满面的小姐一左一右挽住他的胳膊,照相机的闪光灯闪个不停。最后有人用一种由于太兴奋而几乎要扯破的嗓门,发自肺腑地大声宣布:"请允许我以管理委员会的名义向您衷心地祝贺,您是我们这个展览会的第十万个观众!"雷德鲁夫一时蒙了,呆若木鸡似地站在那里。"现在请把您的大名告诉我们吧,"那声音一直圆润动听。"雷德鲁夫,耶斯·雷德鲁夫。"他在不知道自己该说什么时,就这么脱口而出了。扩音器已将他的声音传送到大厅的每一个角落。

　　警察们刚才还在为阻止鼓掌喝彩的人群朝前涌而构成了一道警戒线,这会儿他们却慢慢地散开了,朝他走来了。

火车头

[德国] 赫·贺尔特豪斯

某天晚上,我坐在一家乡村酒店的一只啤酒杯前(准确地说,应该是在啤酒杯后面)。这时,一个长相平平的男人挨着我坐下来,以一种亲切得不自然的口吻问我是否想买一部火车头。我从来不会轻易地说个"不"字,所以,想把东西卖给我一点也不难。不过,面对如此庞大的购置项目,我还是小心为本。尽管我对火车头只略知一点皮毛,我还是询问了它的型号、生产日期和活塞的尺码,以便让这人产生一种印象:他正在和一个内行打交道,对方并不愿意糊里糊涂地买下来。我不知道我是否真的给他留下了这样的印象,反正他很愿意回答我的问题,而且还向我描述了火车头前面、后面及侧面的外观。看样子,这部火车头还不错,经过一番讨价还价,我向他订了货。这部火车头已经被用过了,尽管按照惯例它很长时间才会被用坏,所以,我不愿意按原标价付钱。

当天夜里,火车头就被送来了。面对如此迅速的交货方式,我本来该想到这可能是一笔不正当的交易,可是,像我这样毫无疑心的人根本就不会想到这些。我无法把火车头安放在家里,因为,所有的门都进不去,而且它或许会把屋子压塌掉,因此,只得放进车库里,反正那地方结实得可以停车。当然,火车头只能放进去一半,高度倒是足够了。我曾经在车库里放过一只气球,不过后来炸掉了。

就在我买下火车头之后不久,父亲来看我。他是一个只注重客观现实、厌恶一切空想和情感表白的人。任何事情都不会使他惊讶,仿佛他无所不知，在别人告诉他以前，他就知道得一清二楚而且可以一一道来（简言之，他是个理智得让人受不了的人）。互致问候之后，为了打破接连而至的尴尬局面，我说："秋天的气味多么美妙……"

"是晒干了的马铃薯藤味，"他附和说。他说得一点没错。我不再说话，给自己斟了一杯父亲带来的白兰地。这酒喝起来有一股肥皂般的味道，我把这种感觉说了出来。

父亲说，正如我可以从标签上看到的一样，这种白兰地曾在列日和巴塞罗那世界博览会上获过大奖，还获得过圣·路易斯金质奖章，评价一直不错。

我们默默地喝了几杯白兰地，父亲回来了，小声地、几乎有点颤抖地说，在我车库里停着一部火车头。

"我知道，"我平静地说并抿了一小口白兰地，"刚买的。"

他迟迟疑疑地问我是不是经常用到它，我说，不，不常用，只是最近有一天夜里，我开着它把一位行将分娩的农妇送到了城里。农妇于当夜生了一对双胞胎，当然，这与她夜里乘坐火车是毫不相关的。其实，这一切都是我杜撰出来的，但是，面对这种尴尬的局面，我不得不捏造事实。

我不知道他相信不相信我说的话。父亲只是沉默以待。显然，他觉得在我这儿不自在。他变得沉默寡言，又喝了杯白兰地，后来，便向我告辞了。此后，我一直没见到过父亲。

不久，报纸上刊登了一则消息：法国国立铁路运输公司失窃一部火车头（是某天夜里在户外——准确地说是在调车场——失窃的）。我当然很清楚，我成了一笔不正当交易的牺牲品。距我们上次在乡村酒店邂逅不久，我又遇到了那个卖主。我尽量克制自己，显得很冷静。这一回，他要卖给我一辆吊车。我再也不想跟他做什么买卖了。况且，吊车对我又有什么用？

吃白食

[德国] 彼得·黑贝尔

古语说:"挖坑害人者,必自掉下坑。"——某镇有家"狮子"饭店,这饭店的老板在挖好陷阱之前,自己就已经掉进去啦。

话说有一天,店里来了位衣着讲究的客人,一进门便叫老板尽他所有的钱给他来一份美味的肉汤。接下去又要了一块牛肉和一盘蔬菜,还是尽他所有的钱。老板毕恭毕敬地问,他是否还乐意喝一杯葡萄酒呢?

"呵,那敢情,要是我尽自己所有的钱能享用一些好东西。"客人回答。等他把一切都津津有味地吃完以后,他才从口袋里掏出一枚磨得光光的六分尼(德国最小货币单位)的硬币来,说道:

"喏,老板,这就是我所有的钱。"

老板说:

"这是什么话,难道您不该付给我一个塔勒(德国银币名,合一百分尼)么?"

"我可没有向您要一个塔勒的菜,我只是讲,尽我所有的钱。"客人回答,"喏,这就是我所有的钱。再多一个子儿也没有。要是您多给我吃了,那是您自己的错。"

要说,客人这主意也并非多么高明;需要的只是脸皮厚,能横下心;管他的,吃完再扯嘛。然而,精采却精采在后头。

"您可真算个老滑头!"老板说。"本来是便宜不了您的。可眼下,这顿午饭咱白送您吃了,这儿还再给您一枚二十四克罗采的钱。您呢,只需要悄悄的,到咱隔壁的'大熊'饭店去,对那老板也照样来这么一下子。"——"狮子"饭店的老板这么干,是因为他与自己的邻居"大熊"饭店的老板抢生意,彼此失去了和气,一个钉子一个眼儿,都想方设法地要整对方,而狡猾的客人却笑眯眯地一只手伸过去接钱,另一只手就已经小心翼翼地开门去了,他向老板道了一声"晚安",然后说:

"您邻居'大熊'饭店老板那儿我已去过啦,而且让我来光顾您的并非别人,正是这位老板。"

正是:鹬蚌相争,渔人得利。不过,要是他俩能从此吸取教训,和睦相处,倒也应该好好感谢那位狡猾的客人才是。须知和气能生财,不和遭损害。

举世无双的珍品

[德国] 约翰·威塞尔

"这颗钻石精美绝伦,是本店最贵重的宝石。"珠宝商本德尔向他的顾客介绍着。

"你喜欢不喜欢这个坠子,亲爱的?"那位男顾客温情地问站在他身旁的少妇。

身着华丽服装的少妇一脸不高兴的样子:"还问我喜欢不喜欢?这颗钻石的确是美无比,我还从没有见过……"

"这个坠子多少钱?"男顾客问。

本德尔的心都有点颤抖了,如此爽快的顾客他还从没有碰到过呢!"这颗钻石的价格肯定不会低哟。"本德尔的口气是试探性的。

"那当然啰。"男顾客不屑一顾地说,"多少钱?"

珠宝商本德尔深深地吸了一口气,仿佛要费很大力气才能说出这个数目似的!"10万。"店堂里好大一会儿没有一点儿声息。那位衣着华贵的女顾客"啊?"了一声,睁大了一双美丽的眼睛瞧着她身边的男人。而男顾客仿佛没显出什么犹豫就问道:"我可以用支票付款吗?"本德尔好半天没有转过神来,他感到太突然了,就连站在店堂后首的两个女营业员也面面相觑,仿佛不相信她们刚刚听到的问话。

"怎么?"男顾客显出不高兴的样子,"您该不会以为我会把10万马克的现金带在身上吧?"珠宝商怔怔地望着面前的顾客,好半天才说:"当然不是,不过您是知道的,为了安全起见我们不得不对支票进行验证。请你们到会客室稍候片刻！"本德尔把这一对男女让进了会客室，男顾客拿出一张支票填好之后交给了他。本德尔只看了一眼支票上的签名就把它递给一位女营业员。签名是"卡尔·舒尔曼"。

10分钟之后本德尔就放下心来了！支票完全正常。他暗自在心里笑了——像这样的生意可不是每天都有啊。这颗钻石确实价值千金，而且做工也极其考究。然而遗憾的是这颗钻石有一点小小的瑕疵，就是因为这一点点'美中不足'，使宝石的身价一落千丈。好在这点瑕疵外行人是看不出来的，只有宝石专家才能发现。因此本德尔仍将它按正品出售，而且没有影响他在此价格上再加上4万马克。他知道，珠宝不遇穷人。

几个星期后的一天，珠宝店里又走进了那个叫"卡尔·舒尔曼"的人，本德尔一眼就认出了他，顿时他的心跳加快了：难道他发现了……

卡尔·舒尔曼从口袋里掏出一张名片递给了本德尔："这是我们的新地址。今天我来是为了一件事。自从我妻子从您这儿买了那个钻石坠子以后，整天话不离钻石。这倒使我犯难了，怕是再也找不到能够使她更高兴的礼物了。我想，如果能再送她一颗一模一样的钻石，她肯定会非常高兴的。不过这次要是镶嵌在手镯上就更好了。价钱我不在乎。"

"这恐怕是不可能的，"本德尔叹了口气说，"世界上是不会有两颗完全相同的钻石的。"

"那就太遗憾了。"舒尔曼怅然若失，"唉，您们同行之间有没有往来，能不能跟他们联系联系？""有，有，先生，我们都有联系的。"本德尔先生简直不知道说什么好了。

"那太好了，如果您找到了请跟我电话联系。"

本德尔派人四处查访，又分别给100多家珠宝行去信联系。如今几个月过去了，仍一无所获。正在这时，被派出去的人当中有个人从远东打来了电话，说他在缅甸的仰光发现了一颗与所需钻石质量相仿的钻石。本德尔先生对着话筒发了话："只要能弄到手，不管多少钱！"当本德尔以35万马克将这颗钻石弄到手之后，简直欣喜若狂，可是他总觉得与卖给舒尔曼的那颗有点相像。于是他又请来了原先那位珠宝鉴定专家。

这位专家一看见宝石就禁不住叫了起来："咦！您这颗钻石不是已经卖掉了吗！"

"您搞错了！您讲的那颗早就卖掉了，这又是另外一颗，不过这一颗也已经卖掉了！"

专家仔细地看了看宝石后说："确切的鉴定结果过两天才能出来。不过我记得那颗钻石也是在这个部位有一点瑕疵——如果真是这样，那就肯定是同一颗钻石！"

本德尔先生的脸"唰"地一下全白了，他慌了神，但还是跑到电话机旁拨了舒尔曼的电话号码。话筒里传来了一位女性的声音："这里是豪华大酒店……非常遗憾，舒尔曼先生和他的妻子两天前就走了，他们没有留下地址。"

拦汽车

[德国] 约翰·勒斯勒尔

保罗蒙克是林区老工人，今年 65 岁，他有一份少得可怜的养老金。三天前他来看望女儿蕾娜特。他女儿住在市郊的居民区里，在城里有个很好的差事。要是蕾娜特去上班而又错过了公共汽车。她就干脆站在她新村前面的公路上，举起手臂。通常马上就会有汽车停下来。有些汽车司机认识她，别的司机见她是位迷人的少妇，也会停下车。

有次父亲见她站在公路旁，就问：

"你在这儿干嘛？"

"拦汽车，爸爸。进城最便捷的方法。"

"你认识汽车司机？"

"不认识。"

"那他们带你去？"

"你瞧着吧。"

她招了招手，一辆汽车停了下来。父亲看到这一幕，很是惊讶。

用同样的办法父女俩还一起进了城两次。老人家觉得，如果拥有汽车的人都带上没汽车的人，那这个偌大的世界该是安排得多美呀。

一天晚上，保罗·蒙克想独自进城拜访他的一位老朋友。不一会儿，他就站在宽阔的公路上等车。还没等多久，一辆朝市区方向去的汽车由远而近地驶来。老人家不大有把握地挥挥手拦车，就像他看见女儿所做的那样。还真奇怪，汽车停下来了。

"请您把我送到城里去，好吗？"他问。

"很乐意，大爷。"

"多谢了！"

"您过来！上来吧。"

车里没人，保罗·蒙克很满意。他坐在车上，为他成功的拦车感到自豪。

后来他跟女儿谈起了这事。

"他带你去了，爸爸？"

"是啊。这是一次极美的旅行。再好不过的是，他还问我上城里什么地方。

我说：要是您让我在南大车站附近下车。那就太好了。他回答：没事，没事，我带您到您要去的地方。"

"请把您的地址告诉我。"司机说。

我给他看那张写着地址的便条：

"格贝尔大街18号三楼。"

"可惜我不能开车到三楼，"司机说，又微微一笑，"但我可以让您在格贝尔大街18号房子前面下车。"

这位好心人果真一直把我送到房子跟前。

"城里人中还有那么多好人！"我想着。

他下了车，为我打开车门，扶我下车。

"多谢！太谢谢您了！"

他看着我，忽然间，他根本不是用那种和善的口气对我说道："您谢我，这很好，可您得给我9马克80芬尼，数字显示在计程表上——我是出租司机……"

吻公主

[德国] 汉斯·里鲍

我去北海休假。当天晚上,当我要喝一杯啤酒的时候,你猜我遇到了一件什么样的好事?——慈善募捐晚会。"上帝啊!"我对坐在我旁边的一个面相尖酸刻薄、胖得像柏油桶似的先生说,"我想,这恐怕不是举行什么舞会,倒像是要剥人皮的了。这个晚会所募得的款子将会装进谁的口袋?"

"在这样光明正大的场合是决不会剥人皮的,"那个柏油桶对我说,"您捐献的钱将用于美化海滨林荫大道。"我口袋里只有200马克,要用它来度过这20天的假期,所以无意为美化什么林荫大道去捐款。这时飘来了一位姑娘——我该怎么说呢,说她是一位貌美的妙龄女郎,倒不如说她更像是《一千零一夜》里的公主。啊,要是能跟这样一位女士说说话,然后跟她一起从这儿消失——哎呀,都想到哪儿去了!公主可没跟我说话,她朝那个柏油桶微笑着。柏油桶打了个手势,她就坐到了他的身旁。

我心里想,舞曲马上就要开始了,而公主就坐在我的桌子边,我要邀请她跳舞。大厅响起了欢乐的曲子,只见一位身穿燕尾服的先生站到了指挥台上。他大声说道:"尊敬的来宾们,为了使本次活动能得到更多的捐款,我提议:我们从今天到场的女士中选出一位最美丽女士,而她有义务为本次活动拍卖一个吻。"大家一致赞同这个建议。

我们选出了最美丽女士。她是谁?当然只能是那位公主了!她羞得满脸绯红，微笑着走上了指挥台。那个穿燕尾服的真的开始拍卖她的吻。我抑制不住第一个站起来大声叫："3马克！"所有的人都望着我大笑。"5马克！"我重新报了价。"50马克！"那个柏油桶跟着喊道，他那表情真叫人厌恶，可我被他报的数字给吓着了。"60马克！"一个年轻人报道："70马克！"跑堂领班紧跟在年轻人之后叫道。"80马克！""90马克！"此时那个柏油桶又站了起来："100马克！"全场静寂，"100马克第一遍！"穿燕尾服的先生宣布说，"第二遍，""第三遍……""200马克！"我吼声如雷。

乐声大起！"200马克第一遍，第二遍，第三遍！"我赢得了吻！公主站到了我的身旁，她就要吻我。要不是，要不是我产生了一个念头——那个念头，她一定已经吻过我了！我低下了头，吻了她的手背。

观众狂呼，乐声震天，跑堂领班流下了照泪，接着一切又都恢复了平静。公主向我微笑着说："我感谢您的骑士风度，可我不明白您为什么会做出这么不理智的举动？"

大厅一片死寂，大家都在静静地等待着我的回答。我只说了一句话，一句响当当的话："我仅仅是为了保护您不受那个柏油桶的玷污！""您真好，好极了！"公主用手指着那个柏油桶说，"请允许我介绍一下，他是我丈夫！"

上班的诀窍

[德国] 路·库波赖特

"哈姆森先生。这是新来的同事诺伊鲍尔先生,先让他同您在一个办公室里办公。他需要全面了解这儿各部门的情况,请您多关照他,指点他,对他说明一切情况。"

哈姆森见老板信赖地把新同事托付给他,不禁受宠若惊,唯唯诺诺地说道:"我一定照办。"

他同新同事离开了老板的办公室。

"喂,诺伊鲍尔先生,让我们来参观一下企业吧,这样您就会熟悉企业的情况了。"

"参观企业?"新同事不解地问道。

"是啊。要是我们坐办公室累了,想放松一下,到处逛逛,你就说参观企业。我们离开工作岗位,老板见了当然不会高兴,可我们总会找出一个理由的。"

"什么理由呢?"诺伊鲍尔饶有兴趣地问。

"您来学学吧。譬如,就说要商量和检查一些事情。当然有时确实是真的,有些事也可以检查两三次。不过您别忘了把文件夹啦、帐簿啦、货单啦诸如此类的东西带在身边,做出办公事的样子。这一来,您就可以在仓库里呆上几小时。我们私下里说说,有几个仓库保管员喜欢打牌,常常需要找个玩牌的伙伴。如此消磨时间,您觉得怎样?"

"真有意思,"诺伊鲍尔说。

"喏，这是您的办公桌。"哈姆森说，"这儿有咖啡，本来只能在休息时间喝，否则顾客来了，看见我们在喝咖啡，就会留下不好的印象，为此我们想出了一个专门的办法。您瞧，很简单：我们把办公桌右下方的抽屉腾空，抽出来，放上咖啡杯，人一来，马上关上。抽屉里铺了吸墨水纸，即使咖啡泼了出来，也没有问题。我们私下里说说，我们同样可以喝酒。当然在上班时喝酒是禁止的，这是大家都清楚的。不过有时有人过生日，或者觉得不畅快，需要提提神，那他就把酒杯和酒瓶也放在抽屉里。""这真实用，"诺伊鲍尔说。"还有一个内部的小秘密。您瞧，这扇门里有一个小房间，那是储藏室，谁也不会闯进去的。呆在里面，倒也叫人感到挺舒服的。如果我们之中有谁喝多了感到不舒服，那他就干脆躺到里面的羊毛毯上睡觉。您可知道这句妙言：办公室里睡觉是最舒服的睡觉。当然，这是不能让老板知道的……"

"这我明白，"新同事说。

哈姆森真是一位乐于助人的同事，他把一切情况都说明了。"有一点提请您注意：如果您早上睡过了头，就千万别赶来上班，弄得气喘吁吁地跑来，倒可能会迟到几分钟，迟到给人的印象不好。您可以这么办：干脆打个电话来，说您在医生那儿看病，要来得迟一点。您与其迟来一刻钟，倒不如迟来三小时。您要去理发或者干诸如此类的事，也可照此办理。我们在上班时间理发，这是因为我们的头发也是在上班时间长长的。"

"这种见解是合乎逻辑的。"

"是啊，难道不是这么回事吗？您要是知道了这些上班的小诀窍，就能在这儿混得很好。"

"嗯，我已学到了各种诀窍，多谢您的关照。"

"嘿，这是我理应做的，我们是同事嘛。不过，您能对我说说，您是怎样搞到这份差事的？为什么要您熟悉各部门的情况呢？通常这儿雇的人只做某一件事。"

诺伊鲍尔说："要我熟悉各部门的情况，是因为老板一退休，我就要接替他。那位老板是我的岳父。"

意见簿

[俄国] 安·巴·契诃夫

这本意见簿放在火车站一张专门制作的斜面桌里。桌子的钥匙由一名铁路宪兵保管。其实，根本用不着什么钥匙，因为这张斜面桌任何时候都是开着的。让我们把这本意见簿翻开来读读吧：

"仁慈的先生！请写上几个字试试您的新笔吧！"

下面画着一个长鼻子、长着一对角的小脸蛋。小脸蛋下边写着：

"你是图画，我是肖像；你是畜生，而我不是。我是你的嘴脸。"

"乘车到达本站，望着窗外的自然景色，风把我的帽子刮跑了——伊·亚尔芒金。"

"谁写的我不知，看了它我像个白痴。"

"科长戈洛夫罗耶夫给人留下一个自命不凡的印象。"

"我向长官控告售票员库奇金对我老婆行为粗鲁。我老婆根本不吱声，相反，她竭力让一切都私下了结。至于宪兵克利亚特文，粗暴地揪住我的膀子。我住在安德烈依·伊万诺维奇·伊舍耶夫的庄园里。他了解我的德性——事务员萨莫卢奇舍夫。"

"尼坎德罗夫是个社会党人！"

"在岂有此理的行为的强烈影响下……（删去）乘车经过本站，我对下述事情感到极端愤懑……（删去）我亲眼目睹下述岂有此理的事情，它鲜明地描述了我们铁路上的制度……（除签名外，下面全部删去）。库尔斯克中学七年级学生阿列克谢依·祖济耶夫。"

"在等候火车开走的过程中,我观察了站长的麻衣相,我对他的麻衣相感到非常不满。谨此向全线宣布——一个永不发愁的避暑客。"

"我知道这是谁写的。这是姆·德写的。"

"先生们!一个骗子手!"

"宪兵太太昨天跟食堂老板到河对岸去过。愿万事如意。别难过,宪兵先生!"

"路过本站肚子饿了,指望买点什么吃吃,但连清汤都找不着——济亚康·杜霍夫。"

"给什么就吃什么吧。"

"谁拾得一只皮烟盒,请送交售票房安德烈依·叶哥雷奇处。"

"由于把我解雇,似乎因我酗酒,那我宣布,你们尽是骗子手和小偷——报务员科兹莫捷米扬斯基。"

"要积善积德以使自己愉快。"

"卡金卡,我疯狂地爱您!"

"请别在意见簿上写些毫不相干的事——代理站长伊万诺夫第七。"

"尽管你是第七,然而是个混蛋。"

失　败

[俄国] 安·巴·契诃夫

　　伊里亚·谢尔盖伊奇·彼普洛夫跟他的妻子克列奥帕特腊彼得罗夫娜正站在门房心急如火地偷听。门后的小客厅里大概在进行一场爱情的表白：他们的女儿娜塔申卡和县里的中学教员舒普金在互相倾吐爱慕之情。"有希望！"彼普洛夫悄声说。他激动得发抖，不断搓着双手，"看着点，彼得罗夫娜，等他们一表白爱情，你就立即从墙上取下圣像，我们就进去给他们祝福……当场进行……用圣像祝福是神圣的、忠贞不渝的……那时关系就断不了啦，哪怕是告到法院也不行。"可是门里边的谈话是这样的："尊重您的人格吧，"舒普金说，他那根擦燃的火柴碰到自己的方格裤子上，"我根本没有给您写过信呀！"

　　"噢，是吗？好像我认不出您的笔迹似的！"姑娘哈哈大笑，矫揉造作地尖声嚷嚷，还不时地照照镜子，"我一下就认出来了！您这人真怪！一个书法教员，可笔迹却像鸡爪！要是您连字都写不好，怎么教书法呀？"

　　"哼，……这没什么，小姐。书法课写字不是主要的，主要的是不要让学生们打瞌睡。有的要用戒尺揍头，有的要罚跪……管它什么书法！小事情！涅克拉索夫是个作家，然而看到他写的字都会害臊。在他的全集里附有他的笔迹。"

　　"一会儿涅克拉索夫，一会儿您……"她叹口气，"我倒乐意嫁给一个作家，他会经常写些诗给我留念！"

"诗我也能给您写,要是您愿意。"

"您能写哪方面的呢?"

"写爱情……写感情……写您的眼睛……您读着读着——就会神魂颠倒……感动得掉泪!不过要是我给您写了诗,那就让我吻吻您的手好吗?"

"没什么了不起的!现在就吻好了!"

舒普金一跃而起,鼓目凝视,伏到那只丰满的、散发出蛋皂香味儿的手上。

"把圣像拿下来,"彼普洛夫慌张起来,用胳膊肘推了一下妻子,激动得脸色发白,一边扣钮扣,一边说,"进去吧!嗯!"

于是彼普洛夫刻不容缓地推开了门。

"孩子们……"他举起双手,哭声哭气地眨巴眼睛,喃喃地说,"上帝祝福你们,我的孩子们……一起生活吧……生儿育女……传宗接代……"

"我……我也祝福你们……"母亲说道,她幸福得哭了。"愿你们幸福,亲人们!啊,您夺走了我唯一的宝贝!"她转向舒普金说,"要爱我的女儿,要体贴她……"

舒普金惊吓得张口结舌。这两位老人的袭击是这样地出其不意,这样地果断,弄得他一句话也说不出来。

"糟了!被缠上了!"他暗自思忖,吓得呆若木鸡,"现在你完蛋了,老弟!跑不了啦!"

于是他顺从地低下了头,好像说:"你们逮吧,我失败了!""我祝……祝福……"老头子接着说,也哭了起来,"娜塔申卡,我的女儿……站到旁边去……彼得罗夫娜,把圣像给我……"

可是这时父亲突然不哭了,他的面孔气得抽搐起来。

"蠢货!"他气冲冲地对妻子说,"您的脑袋瓜真笨!难道这是圣像吗?""哎呀,老天爷!"发生了什么事情?书法教师胆怯地抬起了眼睛,看到他得救了:匆忙中,老太太从墙上把作家拉热奇尼科夫的肖像当作圣像取了下来。老头子彼普洛夫跟手里拿着作家肖像的妻子克列帕奥帕特腊·彼得罗夫娜狼狈地站着,不知拿它怎么办和说些什么才好。书法教员趁这慌乱的机会,一溜烟地跑了。

体 验

[俄苏] 格·德罗比兹

采金工人库泽瓦金在自己的办公室里砸毁了家具,手里攥着好些钱向壁炉爬去。

"停机!"导演大声喝道:"太糟。"

演员谢苗诺夫坐到长椅上,羞愧地低下了头。导演坐到他身边,搂着他的肩膀说:"谢苗诺夫,亲爱的,今天你是怎么啦?"

"我没有这种体验,格利戈里。在我的生活中从来没有发生过这种事,而没有体验是演不好的。"

"这与体验有什么相干?您连基本任务都没有弄清楚。您这么长时间起劲地毁坏家具,似乎这是主要的戏,其实主要的戏应该是焚烧钞票。要厌恶地把钞票扔到火里,亲爱的,要厌恶地扔!"

"厌恶地……"

"对!谢苗诺夫,那么咱们重来一次。现在您,采金工人库泽瓦金,突然意识到这些钱来得不正当,为了洗净罪恶,就把它们扔进火里……这是些脏钱!"

"是脏钱。"谢苗诺夫没精打采地表示同意,"但是请您理解我,我从来没有过这么多钱。刚才您说我毁坏家具很起劲。这是因为我有体验,我妻子已经埋怨了好几年,嫌我们的家具太破旧,都不好意思请人来作客了。我在家里已经摔过两次家具……就这样,举起椅子往墙上摔。然而手上有这么多钱……我可从来没有过这种体验。"

"从来没有过这么多钱……"导演寻思道,"太好啦!那现在就体验体验！您听我说，这些钱是真的，是属于您的，是您参加拍摄这部影片得到的报酬。"

"是预支给我……"

"不。咱们就算影片已经拍完了，您已领到了报酬。报酬标准高得不可想象。看，多么厚的一叠钞票啊！喏，您就这么瞧着它，心里想：为什么给这么多钱？剧本是拙劣的，导演毫无才华，我演得也不好。这样粗制滥造还拿人民这么多钱，您越想越感到可耻，受到良心的谴责。于是您对这些钱产生了厌恶感，连碰都不愿意碰它一下，最后便厌恶地把它们扔进火里。这不就有思想基础了吧？"

"好像是有了……"

"把家具收拢！"导演命令道，"把装钱的小箱子放回原处！接通壁炉的电源……亮灯……开机！"

……库择瓦金把小箱子往地上一摔，捧起钞票朝壁炉爬去，眼睛直勾勾地盯着手里的钱。

"好样的……"导演小声说，"就这么看着，很好……"

库择瓦金把钞票对折成整齐的一叠。揣到了怀里，然后将双手紧紧捂在胸口上。

"停机！"导演大吼一声，"你到底怎么啦？！你这是把钱往哪放呀？！"

谢苗诺夫痴痴地坐回长椅上。格利戈里也沮丧地坐到了他旁边。

"不知咱俩是谁昏了头。"格利戈里往嘴里放了一片预防心肌梗塞的药片，声音嘶哑地说，"谢苗诺夫，你说说，是什么思想在支配着你？"

"格利戈里，"谢苗诺夫庆幸地说，"我想象着自己突然得到这么多钱，……便计算着用这笔钱不仅可以还清债务，购置家具，还可以给老婆买件大衣——这是我已经答应了好几年的事，给儿子买台录音机，末了还可以去和朋友们聚聚……于是我想：即使剧本是拙劣的，即使导演没有才华，即使我演得不好，有愧于观众……然而要把这些钱扔进火里，这无论如何也办不到！！"

女仆安娜的纪念日

[捷克] 哈谢克

"您想,咱们该多丢脸……一下子就平白无故地把咱们的晚会弄吹啦。再说,正是为了这个该死的纪念日,我还特意订做了一身相当漂亮的衣裳……"

佣人劳保协会主席、参赞夫人克拉乌索娃正在为明天的会准备一篇祝辞。

女仆安娜在协会书记、参赞夫人齐荷娃的家里已经工作了五十年,整整侍候了两代主人。明天就是她忠心服务的五十周年纪念,将要庆祝一番。安娜已经七十五岁了。她深知自己身份的卑微,素来循规蹈矩。

协会将于明天奖给她一个小小的金十字架、一枚十克朗的金币、一盅巧克力糖和两块甜酥点心。然而还不但如此。她还要恭听参赞夫人克拉乌索娃的祝辞,还能得到一件主人的礼品:一本新崭崭的祈祷书。

参赞夫人懊丧之至,悔不该自讨麻烦,为区区一个佣人来大伤自己的尊脑!已经涂坏了好大一叠纸啦,但祝辞还是没有影儿。

她在室内一面狂踱,一面琢磨,究竟应当讲些什么才好呢?难道要她去讲,如今所有女仆都已立足于社会,并且争取到了例假和晚上可以稍事休息的权利不成?哼,真是人心不古,世风日下,你简直可以被这些女仆气得死去活来!早先是谁都可以随便打女仆两个嘴巴子,把她撵出去的,如今她却恐怕要为这事扭你去打官司了。一想到这里,参赞夫人便在写字桌前坐下,用一支铅笔往鬓角直顶,使发疼的脑袋稍微好受一点。

就说她的女仆吧。这个蠢货居然也有一个送书给她看的情人。不知羞耻的东西，她竟敢自学起来了！

这些事情使参赞夫人越想越气，只得又向那支特止头疼的铅笔求救，她已经无心去琢磨她的祝辞，只是在干着急。唉，她已经在佣人劳保协会里演说过多少次了啊！……这回她本想破格奋发，翻些新花样来讲，不过看样子势必仍然得从上帝讲起。上帝，正是女仆们所最需要的。

祷告吧！劳动吧！嘿，要是她能用拉丁文把这两句话讲来，那该有多棒！等会丈夫一回来就去请教他……当然，她的祝辞也得这样开始啦："祷告吧！劳动吧！"

于是文思泉涌的克拉乌索娃夫人又坐到桌前。顿时她的笔尖便在纸上飞跑起来了。

祷告吧！劳动吧！这真是句金玉良言！谁若不祷告，谁的工作就不会顺利，心地也绝不会纯善。看吧，大家给她举行纪念日的这个女仆正是这项真理的化身。她五十年如一日，热诚地劳动着，祷告着，终于感动了上苍，使她度过了重重魔障、走向至善之境，因此今天才有她的五十周年纪念日——纪念一种乐此不疲的劳动。天上地下都有奖品（天上有天堂一座，地下有小小的金十字架一个、十克朗的金币一枚、巧克力糖一盎和甜酥点心两块）在等着她哩！

祷告吧！劳动吧！

这个纪念日的女主人公干了五十年的活，如今终于得到了勤劳的报酬（一枚十克朗的金币合五百克列次尔，因此每年忘我的劳动计得十克拉列次尔）。

五十年来，她热诚地祷告上苍，从不跳舞，从不看戏，从不读一本邪书。她只读她的祈祷书，它教导她尊敬和爱戴自己的主人，逆来顺受地听话。总之，那本祈祷书成了她整整五十年来的处事金箴。

祷告吧！劳动吧！安娜替主人省下了每个铜子儿。她从不把半匙汤倒进厕所，从不作任何非分之想。她从不和旁的女仆厮混，不说一句不合分寸的话，更不在主人背后说长道短，祷告又使她摒绝了偷嘴的念头。

善心的太太小姐们呀，请你们瞅一瞅这位老大吧！她对听话的好处深信不疑，她抑制着诸放邪念，真是一个又虔诚、又文静、又温顺的人啊。想必她还随时扪心自问，看自己还有哪些缺点，一有空闲就想到归天，想到天国审判和来世的报应。睡前她总要诚心祷告，求上帝指引她皈依正途。

她在商务参赞吉荷夫的显赫的家中足足侍候了两代主人，一向温和恭顺。心地纯洁的她，对每一块从善心的主人手里得来的面包都感激涕零。她每次都要吻一下老爷或太太那只恩惠的手，以表达她深深的感谢。整整五十年来她就是这样，她一辈子也不曾偷过一星半点，对交给她的保管的东西总是严加爱惜。

她就是这样地干着活，月薪五枚金币。她还戒绝了晚饭、好省下一笔钱去朝拜圣山。每年她都能得到主人的恩准，到那边去一趟；并且还能给她的主人捎几件礼物回来，以表忠诚。

她还亲口说过，只要她能够永远祷赞我们在天上的父，哪怕不吃不喝也是幸福的！

参赞夫人停下笔来，逐渐想入非非。明天这篇祝辞将会何等地一鸣惊人呀！毫无疑问，那家天主教报纸一定会对她的发言有所颂扬。日后她还可以把这篇祝辞印成专册，名字就叫《告女仆书》。

也许从此以后，她的女仆便再也不会把汤脚顺手往厕所一倒了吧——只要叫她学学安娜的品行就得了。

她还没有想停当，就见她的女仆走了进来。

"参赞夫人吉荷娃来啦。"她禀报道，"要不要接见？"说时迟，那时快，女仆还来不及听到吩咐，粉香扑鼻的参赞夫人吉荷娃便已经闯进室内，泪汪汪地扑进主席的怀里了。

"您看有多丧气。"吉荷娃呜咽着说，"纪念日的女主人公刚才竟死去了。"

接着她略微定了定神，抹干眼泪，愤形于色地继续说道：

"昨天晚上，我叫她到地下室去取煤。想必您也清楚，七十五岁的老婆子是不好撑出去的。不过她既然吃我的饭，就得给我干活。哪晓得她这个该死的竟和一大袋煤一块从很高的楼梯上摔到地下室去了，摔得浑身都是伤，天还没亮就断了气。真是早不摔，迟不摔，偏偏要在这个纪念日的前夕摔！您想，咱们该多丢脸……一下子就平白无故地把咱们的晚会弄吹啦。再说，正是为了这个该死的纪念日，我还特意订做了一身相当漂亮的衣裳……另外，咱们至少得付三十枚金币的丧葬费，而在死婆子的存折里却只有二十五枚金币。"

参赞夫人克拉乌索娃不禁又用那支特止头疼的铅笔去顶鬓角了。她怅望了一眼那堆满涂着祝辞的稿纸，叹道：

"唉。我看这是她存心给咱们来的一手咧。"

 要适可而止

［俄苏］达尼洛夫

为了争夺全区第一名,我们研究所在劳卫制标准测验方面提高了要求,就是说增加了一项男子拳击。

我站在拳斗场的蓝色角落,等待我的对手出场。"是哪一个呢?"突然,我看见我的上司在翻过拦绳。他一边翻一边轻声说:

"我一吹口哨,你就躺倒。我打你的时候别躲闪。"说完就朝红色角落走去,连声招呼都没打。

铜锣声响了。上司抖擞精神朝我冲过来。我急忙闪开。他又冲过来。我绕着场子转圈跑。我决定智取他。绕到第九圈时,我的上司把舌头缩进嘴里吹了一声口哨,对我发出指示。我摇了摇头。上司用威逼的音调又吹了一声,并且跺了跺脚。

"现在,"他说,"我要进攻了。你得吃我这一拳,别躲闪。"

"不行,"我说,"我好歹是跟运动健将们练过的。何况我正要申请辞职。"

只见他脸色煞白,从短裤里掏出一些很像是灌了铅的羊拐子似的东西装进手套里。装好之后,他便转着法儿想揍我的天灵盖。我做假动作,不过暂时还不进攻。不一会我的上司已经是上气不接下气了,他开始朝我挤眉弄眼。

"要是你愿意,"他说,"我提升你为一级工程师,行不行?"

我做出一副生气的样子,趁势朝他的肝部击了一拳。对方哎哟了

一声。

"沃瓦，你是怎么了，这薪水可是够高的了。"

在第二个回合时，上司许诺给我一个首席工程师的职衔。并由他自己出钱送我去黑海疗养。但是我丝毫不为之动心。

"我照你的后脑勺，"我说，"偷袭一拳，您至少得落个三级残废。"

上司急忙躲进角落里。

"也是活该如此，"他说，"我就提拔你当我的副手吧。我早就看中你了。"

我本来应该到此为止了，可是我却被鬼迷住了心窍。

"把你的职位让给我肥，"我说。

我话音未落，只见他气得脸色煞白，两眼血丝的他从肺腑中发出了一声绝望的吼叫，于是像只老虎猛扑过来……

我这才苏醒过来。事后啦啦队的人告诉我，好不容易把我从这个家伙手里夺了出来。人们动用了水龙才把他制服。

我是怎样成为英雄好汉的

[俄苏] 马尔季扬诺夫

已经深夜十一点多了。胡同里僻静无人,一片漆黑。只是远处出现了三个黑色的人影。

"可能是流氓,我们绕到那边去吧。"列娜低声说着,紧紧靠在我的身上。

"没什么,不要害怕,你不是一个人!"我回答说。

当我们走到这三个人的身旁时,他们中的一个撞了我的女伴一下。我停下脚步,厉声喝道:

"听着,你非道歉不可,混蛋!"

那人刹时慌了手脚,但很快就转过身去对自己的同伙说:

"哥们,这个没吃饱的家伙要求咱们道歉!"

三个小伙子放声狂笑。

"我这就来道歉!"一个小伙子说着,向我走来,列娜尖叫起来。

他抡起拳头打来,但我闪开了,反过来一拳揍在他的脸颊上,小伙子扑通一声栽倒在地上。

那两个人中有一个扑过来搭救自己的同伙,但同样被我一下子打倒在地。第三个人手中的什么东西闪着凶光。

"刀!"列娜惊叫一声,就用手捂上了脸。

我用敏捷的拳式击落流氓手中的芬兰刀,并狠狠一拳打在他的下巴上,打得他倒在地上爬不起来。

"怎么样，是叫警察还是叫急救车？"我平静地对被打倒的敌手说。

那三个家伙在痛苦地呻吟着。

"好吧，我饶了你们，滚吧。但是以后得放老实些！"我重新挽起列娜的胳膊，宽宏大量地说。

"瓦季克，你简直是个英雄！好汉！"她高声说。"可是你的外表这么瘦小，虚弱……哪儿来的这么大劲儿？""这个吗……早晨坚持体育锻炼……"一路上列娜对我赞不绝口，而且在告别的时候还温柔地吻了我。

同她分手后，我急忙转过街角，那儿有人在等我：

"喂，瘦猴，付酬金吧！"

我掏出事先讲好的十个卢布，但他们不满意地唧哝道：

"不行！再添一瓶酒！"

"这可是我们讲好的……"

"讲好你不用力打。可你那么用劲揍在我的颧骨上，说不定明天我要开病假条呐。"

我不再讨价还价。说实在的，刚才我的手是重了些……

天才的力量

[俄苏] 左琴科

演员库兹金娜取得一鸣惊人的成功,观众们使劲跺脚,嗷嗷地吼,简直发了狂。演员的崇拜者们把鲜花朝台上扔去,喊叫着:"库兹金娜!库——兹金娜!"

一个机灵非凡的崇拜者想穿过乐队挤上台去,给观众拦住了。他于是向门上写着"闲人莫入"的房间冲去,一下就不见了。

库兹金娜这时正坐在演员化妆室里,心想:"啊!我期望的正是这样的成功啊!激动人心,以自己的天才使人们变得高尚起来……"

这时,有人敲门。

"喂。"她说,"请进。"一个人飞身走了进来,这就是那位机灵的崇拜者。他的动作是那么麻利,女演员甚至连他的脸都没有看清。

这人扑通一声跪在她面前,唧哝着说:"我爱……我倾倒……"他捡起扔在地上的一只皮靴就一个劲儿地吻起来。

"对不起。"女演员说,"那不是我的皮靴,那是滑稽老太婆的……这才是我的。"

崇拜者又疯狂地抓起女演员的皮靴。

"还有一只……"崇拜者跪在地上一边爬一边嘶哑地说,"还有一只呢?"

"天哪!"女演员暗自想,"他是多么爱我啊!"她于是把另一只皮靴也递给他,怯生生地说:

"在这儿……那儿是我的束腰带……"

崇拜者抓起皮靴和束腰带,非常庄重地把它们贴在自己胸前。

库兹金娜仰面坐在扶手椅上,她想:

"天哪!天才的力量是多么惊人呀!它使人抑制不住自己的感情……成功了!是多么成功啊!崇拜者们闯到后台来,吻她的靴子……多么幸福,多么光荣!"

她越想越激动,连眼睛都闭上了。

"库兹金娜!"导演喊了起来,"上场!"

女演员猛地醒了过来。崇拜者和皮靴都不翼而飞了。后来才查清楚:除了皮靴和束腰带以外,化妆室还丢失了一盒化妆品和假发。最可怕的是,滑稽老大婆的一只皮靴也不见了。那个崇拜者没有找到另外一只。

另外一只在扶手椅底下。

在路途中

[俄苏] 阿纳托利·拉斯

我第一次来到这座城市。走出旅馆,我叫住了随便遇到的一个人。
"请问去市场怎么走?"
"给30卢布。"
"干吗要给30卢布?"
"您问路的事呀。"
"您不明白,我步行……"
"给40卢布,我就给您指路。"
"真有意思!刚才要30卢布,现在要40卢布了?"
"我说,我为您花了一分钟要很不值钱的10卢布。我们站着。而它在通货膨胀。"
"您怎么能这样?"
"给50卢布,我就回答您的问题。"
"呸,您是个无赖!"
"加100卢布赔偿道德损失。您总共付190卢布。"
我非常恼火,取出一块手帕,擦掉额上的汗珠。
"您在哪里弄到这块手帕的?"此人大声说道。
"给70卢布,我就向您提供所需的信息。"
"干吗要70卢布?"
"那好,20卢布,我就回答您的这个问题。"

"您真是个生意人!"

"侮辱人格，赔偿200卢布!"

"生意人，侮辱人格?！这是恭维话!"

"那好，说恭维话就给100卢布。"

"我同意，我来结算一下，"此人取出计算器，"您应当付我190卢布，我也付您190卢布！那么您给50卢布吧？用了我的计算器得付卢布。计算器值钱。"

我已经想付钱，但此人突然问道：

"请稍等，您是学什么专业的?"

"给50卢布才回答，"我立刻说道。

"好，我们算帐。您说。"

"我是作家。"

"那么，您详细地写下了我们的谈话内容吗？给我一半稿费。这是我的名片。不许隐瞒自己的收入。我的律师关心保护我的作者权益……"

此人鞠躬告辞。

我将身子靠到排水管上。

"您怎么啦？身体不舒服?"从后面听到了一种体贴入微的声音。

"我回答的两个问题，每个付100卢布。您不要讨价还价了。我与您不在市场上！我们在去市场的路途中……"

言传身教

[俄苏] B·勃罗多夫

阖家三口儿围坐在一张铺有天蓝色桌布的圆桌旁。爸爸在翻阅报纸,妈妈在绣座垫,八岁的维佳在看书。

"爸爸,我有个问题弄不清楚,"维佳突然向父亲发问,"请你给我解释一下,怎么有些人会吵嘴的。"

"这不难,"爸爸把报纸放置一旁说了起来,"打个比方,我们的房屋管理员与庭院清扫工之间有了意见……"

"没有那回事!"妈妈打断了爸爸的话,"房屋管理员与庭院清扫工相处得很好。"

"这是我举个例子嘛,"爸爸辩解道。

"你不应该凭空瞎举这样的例子!"妈妈提高嗓门喊了起来。

"那就有劳你向孩子解释解释……"

"你总是把责任推到我的身上!"

"不是我推卸责任……是你爱找碴儿……"

"是我爱找碴儿?"

"是的,是你……"

"不对,是你……"

"别吵了,"维佳插嘴说:"我明白了。"

追 求

[俄苏] 符·斯维利多夫

他那渴望的目光，在众多形形色色的休养员之间，捕捉到了她的修长秀丽的身影。她穿了一条紧箍在身上的"超时髦"牛仔裤。这位姑娘个子很高，两条腿很长，活像个被猎人追踪的梅花鹿。意外的相遇，使安琢尔着了魔似地不由自主地跟在她后面走去。前面，是他所追求已久的，是他的最高理想。

他坚信需要用特殊的方法接近她。他考虑了一切可能想出的结识方法，但是他每想出一个办法，又立刻加以否定，因为要想博得这样一位姑娘的好感，肯定极不容易。

姑娘上了公共汽车，安琢尔也跟了上去。一个活跃的小伙子，动作敏捷地从拥挤的乘客之间挤到她跟前，开始比比划划地对她说什么，但是忽然发现安琢尔气哼哼地扬起眉毛，正盯着他看，就急忙躲到一边去了。

后来，她下车了。他也跟着下了车。姑娘已经发现自己身后有个"尾巴"。安琢尔觉得她微微笑了笑。这使他鼓起了勇气。但他还是认为在处理这种玄妙的问题时不能急于求成。万一遭到拒绝，那可就全完了。他想到这里，便十分扫兴。

姑娘走到一所房子前，准备进去时，安琢尔忙喊："等一等！"

姑娘停住了脚步。"听我说，"安琢尔急步跑到跟前，喘着大气说，"我需要和您谈谈。"

姑娘耸了耸肩。"我发誓，我这是头一回，"安琢尔说，"我遇到了我已幻想多年，幻想了半辈子的……对我来说，您……"

"小伙子，我已经结婚了。我有丈夫！"对方打断了他的话。

"这有什么关系！"安琢尔大声说，"这有什么区别？求求您啦！我又不是不花钱。"

"你是个疯子吗？"年轻妇女生气地说，"你要干什么？滚！"

"牛仔裤！我想要您的牛仔裤！"安琢尔低声说，"别的什么也不要。请您把牛仔裤卖给我吧！"

获胜者

[俄苏] 叶林阿尔道夫

我们面对面地坐着,准备决战,这是最后一次的决定性的决战了。在这之前经过了挑选、预赛、多次交锋,并像在宇宙航行前那样,又经过严格的体格检查……但这一切都过去了,只剩下今天最激烈的、最旗鼓相当的交锋了。

我对他从头到脚打量了一番。应该说,他穿戴很合适:针织芬兰短袖衫和现代美国斜纹布牛仔裤。我又把目光转向镜子,悄悄儿看了看自己,感到很满意,我外表也不坏。一套日本服装,它的颜色与我头发的颜色十分和谐,使我产生了信心。这样应该是势均力敌的:1:1。

这时,今天交锋的裁判员来了,他发信号让开始比赛。对方马上开始进击。

"我是彼得·阿尔帖米伊奇的女婿!"他自信地宣布道。

"我一辈子从事毒品生产!"我拉开防卫架式,"我会占到便宜。"

"可惜,我不能说我做什么工作,"对手又夺取了主动权,"没有权利说,我希望您能明白,这是什么意思。"

我没有回答他的问题,又从另一个方向进行攻击:

"我能弄到进口的柜子……"

"我画儿画得好!"对手打断了我的话,"我能像一个画家一样地工作。"

"我在单位得到奖励!"我意味深长地说,并不在意地摆弄了一下挂在胸前的"森林防火"证章,远看正像一枚奖章一样。

对手没有答话,像是窒息发作似的,解开了针织短袖衫。我看到,在他健壮的毛茸茸的胸脯上刺着蓝色花纹:"别碰!打死你!"

"我是后补博士和象棋能手!"他又自我介绍说,"还会吹萨克管。"

"我的博士论文已快写完。"我宣布说。

"而我,"他慢慢地,有表情地说,眼睛直接盯着裁判,"我有一个兄弟在你们系统工作,并且在上级机关!"

裁判摸了摸额头沉思起来。于是我也想到,该摊最后一张牌了。我打开皮包,拿出一张叠成四叠的小纸,郑重地放到裁判面前的桌子上。这是一张证明书,证明我是疯子,可以不对任何事负责。

裁判认真地看完了它,然后把它放到了抽屉里,并握了握我的手,祝贺我名副其实地赢得了胜利。最后我得胜了,我的儿子也被花样滑冰队吸收,补了他们最后一个空额。

人类之友

[前苏联] 列·列奇

有一次，某工厂厂长尤里·谢尔盖维奇陷入了十分尴尬的境地。事情是这样的，他必须当机立断，采取一项极为重要的决定。可他是个优柔寡断的人，采取这种具有重大经济和道德责任的决定对他来说是十分伤脑筋的事。何况，尤里·谢尔盖维奇还具备了人类的许多美德，例如，在和上层领导处好关系这一点，任何人也望尘莫及。

如今，他独自一人在办公室里苦思冥想：是把优质合成纤维的生产变为自动流水线，还是保持现状？他曾给上级领导打电话，企图摸摸上头的意图。然而，他得到的竟是简短而又无情的回答：

"自己决定！"

这话倒容易说，可嗅不到上面的动态，那不等于难于上青天嘛！

尤里·谢尔盖维奇绞尽脑汁，依然一筹莫展，只好吩咐女秘书把总工程师阿尔卡季亚·尹萨耶维奇叫到办公室来。

总工程师进来了。他彬彬有礼，笑容可掬，坐在厂长办公桌一旁的沙发上。当厂长要求他就自动流水线这一令人费解的难题发表高见时，他慷慨激昂，口若悬河，大谈特谈技术革新，可在关节处却闪烁其词，模棱两可。

焦急的厂长不得不打断他的话："我无法理解您的意思，阿尔卡季亚·尹萨耶维奇，您同意搞自动流水线还是不同意？"

总工程师莞尔一笑，神秘地说："我要说的全说了，尤里·谢尔盖维奇，再没什么可谈的了。一切由您决定！对不起，车间里正等我呢。"

说罢，他就如精灵一般，飘然而去。

尤里·谢尔盖维奇只好把这个问题推迟到明天，便开始了日常工作。

尤里·谢尔盖维奇下班回到家里，不见妻子，发现了她给他留在饭桌上的便条："尤拉，我同儿子去看电影。菜汤在锅里，你热了吃吧！奶渣在冰箱里。阿里马我已经带出去溜过了。"

阿里马是一条白毛的、讨人喜欢的小狮子狗，它蹦蹦跳跳地向主人跑过来，快乐地呜呜叫着。

尤里·谢尔盖维奇与小狮子狗亲热了一番，把菜汤热了吃了，坐到心爱的安乐椅上，连自己也没发觉，思路又回到那个恼人的自动流水线上。

"是改革还是不改革呢？"他想道。

他一边思考，一边抚摸着小狮子狗阿里马那柔软而光滑的脊背。突然间，一个十足孩子气的念头闪进了脑际："如果现在阿里马叫起来，那就应该改革！"

蓦地，阿里马呼哧起来，汪汪大叫，显然是有人经过尤里·谢尔盖维奇住宅所在的三楼，上楼梯到四楼去。

"改革！再用不着费脑筋了！"

尤里·谢尔盖维奇俯下身，感激地握了握阿里马那可爱的毛绒绒的爪子，他从小狗那里得到了等待已久的灵感。

现在，优质合成纤维生产自动流水线在我们城里已大获成功，广泛推广。报纸上还进行了大肆宣传、报导。工厂受到了表扬，而尤里·谢尔盖维奇已陷入了荣誉的海洋。然而，至今为止，竟无人知晓，这一丰功伟绩的创造者是那只长着一双漆黑发亮的善良的眼睛的小狮子狗阿里马。

难怪人们常说："狗是人类之友。"

身心交瘁

[前苏联] 尤·左洛达列夫

"集酪机"托拉斯的总会计师列昂尼德·库兹米奇是世上最怕上司的人。因而,他总是不放过任何机会来溜须拍马,讨好上司。

凭着自己独特的拍马神经,他能顷刻感应出顶头上司——彼得·谢苗诺维奇的心情。

如果上司皱着眉头,那么,出于同情,列昂尼德·库兹米奇也会皱起眉头;若是上司微笑的话,那么,他也会合不拢嘴;如果上司心境悲戚,于是,我们的库兹米奇定会黯然神伤。

当然喽,要想完全追随上彼得·谢苗诺维奇那多变的脾气也并非易事。往往有出格的时候。比方说,正当库兹米奇心绪不佳时,彼得·谢苗诺维奇却已经笑了起来,或者相反,当库兹米奇冒失地哈哈大笑的时候,而此时彼得·谢苗诺维奇却已经开始皱起了眉头。

但是,列昂尼德·库兹米奇顽强地锻炼自己,且也练到了纯熟的程度。他对领导力争做到亦步亦趋。而主要之点在手,他绝不满足已有的成绩;他不仅琢磨领导的心情,还砚究其习惯、爱好。

例如,彼得·谢苗诺维奇老喜欢久久地凝望着窗外,于是库兹米奇也以一副最专注的神情朝着窗户发呆;彼得·谢苗诺维奇偶尔不胜烦恼地叹气,而库兹米奇也深有同感地叹息着,彼得·谢苗诺维奇有时还哼哼曲子,自然,库兹米奇也哼起了歌儿。

为了不忘眼下所哼的曲子,库兹米奇每天早晨上班前都要练习一番。

"将手风琴递给我。"厕所里传出了上司的声音。

"我可要大饱耳福了!"隔壁淋浴间库兹米奇应声道。

所有这些措施,使得库兹米奇和上级的关系变得很轻松。简言之,总会计师和顶头上司的关系十分融洽。可是,突然来了个紧急调令,彼得·谢苗诺维奇调走了。总局给库兹米奇派了个新上级——格奥尔基一查哈罗维奇。

总会计师足足花了两天时间来观察这位新领导,终于得出了结论:可别奇怪——格奥尔基·查哈罗维奇喜欢玩以动物名字押韵的游戏。他无论谈到什么事情,最后总得来上一句押韵的动物:

"好一个'巴尔苏基——帕乌基'(胡獾——蜘蛛)。"

或者是:

"瞧这副样子,真像'帕塔士基——布卡士基'(小鸟儿——小甲虫儿)。"

或者诸如此类的:

"你要明白,这可像'狄格内——维格内'(老虎——水獭)。"

库兹米奇为了投其所好,也马上押起韵来了。若是他除了动物的名儿之外,还熟悉植物的名称的话,那么,供他押韵的动植物名称本当是蛮多的。可是,他只记得清一些小动物的名称,这样一来,他的动物学知识很快就消耗完了。库兹米奇犯起愁来了。

于是,他每天晚上狂热地搜寻动物名称,用以拼凑种种押韵游戏的方案,家属也积极协助他搞好这项工作。

"渥尔基——奥沃琪(狼和山羊)。"妻子说道,"行吗?"

"乱弹琴!"丈夫发火道,"他呀,那个该死的下流胚就是喜欢用动物的名称押韵,照你这样凑,韵脚何在?"

"巴兰内——卡兰内(山羊和蟑螂)!"小格里亚和小莲娜快活地向父亲提供一句。

"这倒未尝不可。"库兹米奇自言自语地说,"可你们看,这个山羊……在工作上山羊是不至于用来暗示什么的……"

"那就来个'布洛士基——渥士基'(跳蚤和虱子)!"两个小家伙又提供了一句。

"柯士基——梅士基(猫和老鼠)也不错嘛。"妻子又补充了一句,

"你自己挑吧！"

"嗯，旧社会传说中的动物能行吗？"老奶奶也加入了这项工作，"比方说，吉诺查沃内——布郎托查沃内（恐龙和古龙），这发音准吧，啊？"

瞧吧，我们的库兹米奇就是这样刻苦工作的。不，应当说是受尽磨难。然而，磨难并不长久——格奥尔基·查哈罗维奇调走了。

取而代之的是巴维尔·米哈依洛维奇。总会计师又研究起他来了——真是活见鬼！什么名堂也研究不出！巴维尔·米哈依洛维奇没有任何癖好。

不过，有一次，巴维尔·米哈依洛维奇陷入了深思之中，并且用手指挖鼻孔。

"兴许，这是他的癖好吧？"库兹米奇满怀希望地想道。

可是，这以后再也没见巴维尔·米哈依洛维奇沉思过。

正当库兹米奇一筹莫展时，从总局来了一位首长，冲着巴维尔·米哈依洛维奇大发了一顿脾气，于是巴维尔·米哈依洛维奇突然变得口吃起来了。

起初，这位顶头上司还只是在念字母"3"（兹）的时候显得结结巴巴。

"兹，兹，兹德拉沃斯特沃依杰，（你，你，你们好）！"领导跟下属寒喧道，"今天天气'兹，兹，兹多罗渥'（好，好，好冷）！'兹，兹，兹吉玛'（冬，冬，冬天）来了。"

列昂尼德·库兹米奇马上活跃起来，快活起来了，他也就对头一个向他预支款项的人严厉地说道："要预支就别'兹，兹，兹查依卡依杰，（结，结，结结巴巴）！"

可是，到傍晚巴维尔·米哈依洛维奇口吃得更厉害了。不过，他已不是在字母"3"上，而是在字母"y"（乌）上念不清。

"乌，乌，乌，"他发这个元音本是为了垫底，可所有的下属都耐心等着下文，一边猜测下文的意思：乌克朗（偏差）？乌朗（损失）？乌拉（万岁）？或许他只是想对人喊叫吧？

"乌，乌，乌渥里里，绵里亚（我被免，免，免职了）。"巴维尔·米哈依洛维奇结巴了半天才说清了自己的意思，接着就恋恋不舍地跟大伙道别了。

在这件事上受苦最大的莫过于列昂尼德·库兹米奇：直到今天他还在矫正口吃。

"我给工，工，工作搞，搞，搞得身心交瘁。"可怜的人对医生解释遭。

第二次出嫁

[前苏联] 米哈依尔·安德拉沙

在南方某城的旅游俱乐部里,每年一次颁发"轻便背囊"奖,表彰写得最美、最真实的游记。去年,这一光荣的奖赏被描写溶洞探险的三名青年人得去了。他们描绘怎样在溶洞里迷了路,后来又怎样从地球的另一面走出了溶洞。据他们在游记里所说,当他们从深深的地隙中钻出到地面时,看到了名城里约热内卢的中心广场。他们问正站在旁边的警察,这是什么广场。

"奥斯塔普·本德尔广场。"警察答道。

今年,女工程师尼娜·西蒙诺娃以其特别真实的文章获得了"轻便背囊"奖。

在发奖仪式上,俱乐部的元老致了简短的开幕词后,竞赛的评委会主席——一位上了年纪,看上去有六十岁,而实际上已经九十九岁的男子——宣布了这次竞赛的优胜者的姓名,并接着说,她因她的文章《第二次出嫁》而获得"轻便背囊"奖。文章的不同寻常的题目使掌声变得与往常不同:掌声中听得出有戒备的意味。这是因为这个城市的旅游俱乐部的成员都极尊重家庭关系,并以各种体面的借口避开那些破坏婚姻的旅行家。

获胜的"罪人"是一位俊俏、苗条的妇女。她穿着用时髦的、闪光织物缝制的晚礼服走上台来。

尼娜·西蒙诺娃从主席手中接过包扎得很漂亮的背囊后,就按照惯例，读起了她的文章。

"今年夏天，"她开头有些激动，"我和丈夫过得愉快极了。我们有了绝妙的两人一起旅行的机会，即使到天涯海角去我们也可以做到。还在我们刚刚申请接收我们的孩子入托的时候，我们就盼望着这次旅行了。当时，托儿所的工作人员收下了我们的申请，答应等轮到我们时就通知我们。从排队的情况看，我们孩子的入托时间还遥遥无期。一位邻居很实际地劝我们到房管所去搞个证明，就说我们家里没有老人，也没有雇保姆的物质条件。我丈夫原来挣的钱很多，可我却劝他尽量少往家里拿，并且调换一下工作。他不同意，而我坚持我自己的主张。后来，他调动了工作。新工作的报酬只有原先的三分之一，从多方出具证明看，我们刚刚能勉强度日。我们不仅无力购置水晶之类的装饰品，就连普通的彩色电视机也买不起。这样，我们在等待入托的长队中一下子被往前提了许多。

"但是，等待送子女入托的独身母亲和离婚女子的队还要短得多，因为孩子们的父亲只把工资的四分之一交给她们。我想了想，决定说服丈夫提出离婚。丈夫当然坚持不干，说什么，没有我他就不能生活，他无法想象……但我还是坚持，结果，法院判决我们离婚。我开始从他那儿领取微薄的女儿抚养费。以前，我的丈夫在工作单位的名声很好，可当人们知道他抛弃了家庭，只交女儿的抚养费时，曾想给他安上'道德败坏'的罪名。于是，我跑到他们单位，竭力使首长相信，一切都是我的罪过，他们的工作人员是位特别正派的人。

"正当我们忙于此事的时候，等待送子女入托的队伍又大大增长了，增加的全是像我们这样为了安排子女而离婚的人。

"就在这时，我以前的丈夫得知，单身父亲的孩子可以立即入托。

"丈夫提出申诉，要求剥夺我的抚养权。剥夺权利这可不是件容易事。但丈夫靠着众多的熟人，还是搞到了必需的证件。事情终于办成了！我以前的丈夫把介绍信交到托儿所。还是每周只把孩子领回家一次的全托呢！

"但是，在这一段时间里，我们的女儿早已长大，并进一年级读书了，所以，今年暑假我们能够很快地、没用特别奔走就把她去参加两期少先队夏令营的事安排好了。而我们自己则出去旅游。

"这真是我们青春和爱情的美妙时光。

"正是在旅行中,在大自然的怀抱里,我们互相更加了解了。

"丈夫又向我求婚,我也答应再一次嫁给他……"

尼娜·西蒙诺娃读完了文章。会场一片寂静,然后爆发出一阵掌声——雷鸣般的掌声。俱乐部的全体成员都从座位上站起来,向优胜者表示祝贺。

一根琴弦

[前苏联] 卡邱申科

我沉浸在我的小提琴的乐声中。突然,一根琴弦断了。我觉得弓子握得很正确,压的力气也不大,但一根琴弦还是断了。我担心地想道:一星期以后,我们在幼儿园要举行一个协作机关主办的音乐会。我叹了一口气:在工会的会议上又要挨骂了。

"断了一根琴弦。"我对妻子说,"我完了。社会活动不积极,住房排队又要推迟了。"

"唉,你真笨!"妻子毫不客气地说,"到商店去买一根好了。还有好多天呢。你还在排练嘛……"

我一大早就跑到商店去了。那儿没有琴弦卖。

"我只要一根!"我恳求售货员。

"没有,最近也不会有。"

"那么,平常什么时候有呢?"

"很少。一来马上就抢光。现在拉小提琴的可多啦!"

我只好走了。我整整一个晚上在小提琴旁徘徊。我拿起来试着拉了拉,但是小提琴缺一根弦就像牛叫一样难听。

我在自己的办公室里整天埋头于公文。我们的女秘书说道:

"瞧,我们的瓦日达耶夫干得多么入迷啊!"

我垂头丧气地回家了。

我们有一个熟人的熟人,叫彼得·彼得罗维奇。妻子建议给他挂个电话，我说："他曾经给瓦列奇卡弄到过一双长筒靴。可是我要的是琴弦啊……"不过我还是打了电话。

"劳驾。"我说，"我非常需要一根琴弦。"

"什么'琴弦'？是要吸尘器吧？"

"不，是演奏用的，小提琴上的弦。我有这样的爱好，难道……"

"要这样的缺门货呀？那倒是应该考虑一下的。我给朋友打个电话。您明天打电话来。"

离音乐会只有五天了。我打了电话，小声地说：

"关于琴弦的事……"

"您记下电话号码，就说是彼得·彼得罗维奇叫您打的。虽然十分缺货，人家已答应帮忙……"

我打了电话。回答我的是一个女人的声音。我说：

"有人给我打电话说琴弦的事……"

"我很高兴，"对方回答，"但是您接受我的条件吗？"

"什么条件？"

"看来，彼得·彼得罗维奇忘记告诉你了。可以弄到琴弦的那个人需要把女儿安排在游泳部或者花样滑冰学校。您的琴弦……"

我想对她说：无论是在游泳部，还是在花样滑冰学校，我都没有熟人。但是她显然很忙，挂上了电话。这时，我回忆起我的朋友沃夫卡（他在学校时是一个可怕的懒汉，在生活中是一个很会钻营的人）同体育运动有点关系。我找到他的电话号码，打了个电话。我没有解释为什么，只是说：

"沃夫卡，我非常着急……需要赶紧把一个小孩，也就是说把一个小姑娘，安排在游泳部或者花样滑冰学校。否则，由于社会工作的完全失败我要完蛋了。"

"我一点也不明白。"沃夫卡说，"你干吗要答应这种事？"

"救救我吧，朋友！"我说道，"我很需要安排一个小姑娘。"

他踌躇起来。

"现在大家，"他说，"都想把自己的孩子安排去花样滑冰或是去游泳。你是一星期内第五个给我打电话的人。首长已经干预了这件事。他说,要是没有他的签字,任何一个无能之辈都别想进这种热门的部。不过……"

"不过什么?"

"他急需一张陀思妥耶夫斯基的订书单。要是你弄得到的话,我说话就有了借口。"

我叹了一口气。

"好吧。"

离演出只有三天半了。

这时,我妻子又想起她的堂兄弟有个侄女在书店工作。她已经打算给他打电话了,可是却突然说道:

"不好意思给他打电话。因为他曾请求你通过你们局给弄一套……可你说这些请求使你烦死了,并且你们没有成套的……"

"够了!"我手在桌子上一拍,"我已经够了,我决不在任何地方演奏任何东西了。那个木头玩意儿在什么地方?"

我在屋子里跑来跑去,寻找那把小提琴,好把它扔到角落里去,然而就在这时我的儿子跑了进来。

"爸爸。"他喊道,"琴弦有了,有了!"

我坐了下来。

"琴弦在哪儿?"我问。

"隔壁的海卡有,几乎还是新的呢。只是他这根琴弦要换一张《波尼·米》的唱片和一头狐种狗……"

我有了希望。

空中魔术

[前苏联] A·塔拉斯金

办公桌上文件堆积如山。局长彼得·尼古拉耶维奇从一叠文件中拿出一份报告正欲签上自己大名时,迟疑起来,把它塞到另一堆文件中去。

他拿起另一份文件,依然下不了决心,停笔发呆……他拿起电话筒,拨电话号码。

"谢苗·谢苗诺维奇!是这么回事……需要和您商量商量,有份文件必须立即签字。要我自己处理吗?好,明白了。"

于是,他举起笔来……可最后还是把文件挪到一边。这时,忽然传来一个人的声音。

"彼得·尼古拉耶维奇!可以进来吗?"

他抬头往门口望去,不见人影。他按了一下对讲机,说:

"塔玛拉·伊万诺夫娜!我非常忙,不准放任何人进来。"

随着咔嚓一声响,飘来了一个人的声音:

"彼得·尼古拉耶维奇,请您放心,您办公室连只老鼠都钻不进去!"

彼得·尼古拉耶维奇又埋头到文件中去,可那奇怪的声音穷追不舍:

"彼得·尼古拉耶维奇!"

他惊慌地环视一下,看见伊万诺夫吊在窗外,吃力地抓住飞檐。彼得·尼古拉耶维奇急忙奔向窗口。

"伊万诺夫,你在那儿干什么?"

"我挂在您窗户上,彼得·尼古拉耶维奇!我是来见您的。我的报告在您这儿已经三个月了。"

"你疯啦？快爬进来！这是第七层，掉下去还不摔成肉酱！"

"不，彼得·尼古拉耶维奇，您不签字，我绝不进去。"

"你以为一切都那么简单……我一批了事，可谁负责？"

"彼得·尼古拉耶维奇，谁批谁负责。"

"问题就在于此。"

这时，伊万诺夫的一只手突然滑下去，他竭尽全力用另一只手抓住。他用嘶哑的声音问：

"我要掉下去，谁负责？"

彼得·尼古拉耶维奇赶紧去打电话：

"是罗曼·伊万诺维奇吗？他不在？一个星期后回来？谢谢！"他放下听筒，向窗口张望，"伊万诺夫？你还在那儿吗？坚持一会，我现在……马上……"

豆大的汗珠儿从伊万诺夫的脸上直往下滚，但目光却流露出视死如归的神情。

彼得·尼古拉耶维奇又焦急不安地拨电话："谢苗·谢苗诺维奇！对不起，又是我……为鸡毛蒜皮的小事打扰您。有这么个问题……"这时，他瞧见伊万诺夫正往下滑落，"抓住！蠢货！不！我不是说您！我想请教您，如果有人从我的七层楼上掉下去，得负多大责任呢？赔多少钱？有明文规定吗？没有？严格的措施？谢谢您！"

他扔下听筒，慌忙地在桌子上找伊万诺夫的报告。"我这就签，亲爱的，一分钟也不耽搁，马上'批准'。"

他走到窗前把报告递给伊万诺夫，他伸出一只手接过报告，然后用双手整齐地叠起来……

彼得·尼古拉耶维奇目瞪口呆。伊万诺夫把报告放进兜里，善意地冲着他微微一笑。

"彼得·尼古拉耶维奇，谢谢您的工作效率。"

原来，伊万诺夫是站在升降机的平台上。

"瓦夏！"司机从驾驶室探出身子，答道："听见了！"

"现在赶快去部里！"

升降机的平台慢慢地离开窗口。

开会有益

[前苏联] 格·瓦·凯冒克利德哉

我弄不明白，有些人怎么竟然会抱怨我们各种会开得过多。一个人，若不是在会场里，那么在哪儿才最适于发挥才干、显示特长呢？若不是在会场里，那么在哪儿才能够从容不迫、乐在其中地工作呢？最后还要请问，在哪儿才能够如此舒畅、如此高雅地休息呢？

就在不久前，我参加了一个会。忘了是个什么大会，不过反正每个参加者在会上都各得其所。

举例说，我左边有一伙人，总有十二三个吧，在进行一场小小的象棋循环赛。我也参加了进去，不过没能获胜。

我发现那些参加者都是久经沙场、经验丰富的老手。

我的邻座，一位中年妇女，在用毛线织袜子。一只已经织好，另一只还差那么一丁点儿，全怪执行主席的总结发言还不够长。但是可以谅解他，因为他还似醒非醒。

斜旁边窗口那儿，坐着可爱的一对。就在这个会上，他俩相识了，谈论生活，倾诉衷肠。在休息时间，俩人去民事登记处，交了结婚申请书，回来后吵了一场，在第二次休息时间，又去索回了申请书。

人人都各忙各的，我自然无法一一看清。但在我周围的几米半径以内，人人确实都没有白白浪费时间。一个函授大学生在做习题。坐在前排的一个姑娘，在写着20多页纸的长信。姑娘身旁，有个人脸色严肃，在打草稿，写论文的开头部分。多少人在读着充满智慧的好书？多少人产生了光辉的、有益的思想？多少人设计成了深奥的谜语？多少人在预测曲棍球赛谁得冠军！……

起初，我不免为报告人抱屈：会场里的人们在增长才干、在提高修养、在发挥特长，可怜他却在台上无可奈何地照本宣读。不过后来，我从报告人的面部表情看出，他的思绪早已远离了报告，远离了会场。时而，在完全不该笑的当口，他笑容满面；时而，讲到意思非常显豁的地方，他露出深思苦想的模样。这样的人也不会白白浪费时间的！

忽然，我发现主席团里，最旁边的椅子上坐着一个人，面目极其苦恼。他手足无措，局促不安。其他的主席团成员，或闭目养神，或同邻座窃窃私语，或两眼望着膝盖，同时翻动着书页。人人各有所好，只有这个坐在边上的人紧皱双眉。

我想其中必有缘故。也许，他遭到了什么不幸，无法向人诉说？休息的时候，我在走廊的一角找到了他，见他焦躁地抽着烟，便问他遇到了什么不痛快的事情。

"您想想看，居然有这么个恶毒的人！"他诉说，"我来开会，特地带了一本厚厚的侦探小说。可我们科室的苏包涅夫，竟推荐我进了主席团。我坐在主席团里，看书就不方便了。那个苏包涅夫真是恶作剧，我可饶不了他。"

我自然很同情这位满腔愤怒的同志，不过对于他的想法却不以为然。如果需要如此，有什么不方便呢？我就熟悉这么一位作家，他天天参加大会，而且总是被选进主席团。请想想看，他那一部部厚厚的长篇是怎么写出来的？

鲁滨逊"飘流"记

[前苏联] 彼得罗夫

配画双旬刊《探险》编辑部,近来颇感能吸引青年读者的文艺作品数量不足。

当然也刊登过一些这样或那样的作品,但都不能收到令人满意的效果。板着面孔、口沫四溅的说教太多了。说真的,这些作品不但没有吸引青年读者的心,相反倒使他们大为沮丧、敬而远之了。可是《探险》的编辑却千方百计地想把读者拉过来。

最后决定征求一部长篇连载小说。

编辑部一位腿快的人,立即带着约稿通知书赶到作家莫尔达万泽夫家里,第二天莫尔达万泽夫便坐在编辑办公室里一张商人用的长沙发上了。

"你知道,"编辑解释说,"这部小说要引人入胜,构思新颖,情节惊险,趣味横生。总的说来,它应当塑造出一个苏维埃鲁滨逊的形象来。写出来的东西要让读者爱不释手。"

"写个鲁滨逊——我看能行,"作家简短地说。

"不过不是一般的鲁滨逊,是苏联鲁滨逊。"

"还会有什么样的鲁滨!不会写成罗马尼亚的鲁滨逊的!"

作家话语不多。一看便知道,是一位实干的人。

小说在约定时间果然写成了。莫尔达万泽夫没有过分偏离伟大的原著。鲁滨逊仍然是那个鲁滨逊。

一位苏联青年乘船遇难。海浪把他抛到一个荒岛上。他独自一人,在险恶的大自然面前,孤立无援。他的处境万分危急:野兽、藤蔓和即将到来的雨季。但是这位精力充沛的苏联鲁滨逊,克服了一个又一个难以克服的困难。三年过后,一支苏联探险队找到了他——找到了这位生龙活虎的鲁滨逊。他战胜了大自然,修建了一座小屋子,在小屋四周开辟了绿油油的菜园地,他喂养了一群家兔,用猴子毛皮给自己缝制了一件托尔斯泰式的外衣,他还教会了鹦鹉说话,让它每天早上按时叫醒他:"注意啦!掀开被窝,掀开被窝!现在我们开始做早操!"

"很好。"编辑说道,"关于兔子,构思很妙嘛。完全合乎时宜。不过,这部作品的基本思想我还不十分清楚。"

"人类与大自然的斗争,"莫尔达万泽夫还是照往常那样,简短地作了回答。

"嗯,不过没有一点苏维埃气息。"

"可是那只鹦鹉呢?它是一个很好的传送器。在我的小说里它起了收音机的作用。"

"鹦鹉么——好是好。屋子四周的菜园地,也不错。可还是感觉不出苏联各社会组织的存在。比方说,基层委员会在哪儿?工会的领导作用到哪里去了?"

莫尔达万泽夫一下子火冒三丈。当他感到他的小说可能不被刊用时,他一反往常沉默寡言的习惯,开始滔滔不绝地争辩起来了。

"哪儿来的基层委员会?这个岛子不是荒无人烟吗?"

"对,完全对,是荒无人烟。不过,基层委员会应该有。我不是语言大师,但是我如果处在你的位子上,我就要写进去。当作一个苏维埃因素嘛。"

"然而整个故事情节,基于岛子是荒无……"

说到这里,莫尔达万泽夫无意中望了望编辑的眼睛,忽然支吾起来。这双眼睛冷若冰霜,使人感到仿佛这是一片昏暗的荒原,他只好决定绕道走了。

"您的意见是对的,"他伸出一根手指头,说道,"当然应该写。怎么我开初没有想到？海船遇难、死里逃生的应该是两个人：我们的鲁滨逊和基层委员会主任。"

"还要有两个脱产干部，"编辑冷冷地说。

"啊唷！"莫尔达万泽夫尖叫了一声。

"不用啊唷。两个脱产的，另加一个女积极分子，负责工会会费。"

"怎么还要一个专门收会费的？她收谁的会费？"

"收鲁滨逊的呀。"

"那位主任可以向鲁滨逊收的。要不他就无事可做了。"

"你看你又错了，莫尔达万泽夫同志。这种安排绝对不允许。一个基层委员会的主任，哪能把精力耗费在庸俗的琐事上，还得由他去东奔西跑收会费！没有这个道理。我们正在和这种现象作斗争。他应当严肃地干他自己的领导工作。"

"那好吧，我把收会费的女人写进去，"莫尔达万泽夫屈从了。"这样还好一些。她可以嫁给主任或者那位鲁滨逊哩。反正让大家读起来更热闹就是了。"

"不必。不要堕入低级趣味、色情描写的泥坑中去。让她只管收她的会费，并把钱保存在保险柜里。"

莫尔达万泽夫坐在沙发上，现在又感到如坐针毡了。

"对不起，荒岛上不可能有保险柜！"

编辑寻思起来。

"对了，对了，"他说道，"你小说的第一章里有一处妙笔。随着鲁滨逊和几个基层委员会成员被风浪抛到岸上去的，还有各种各样的物品……"

"斧子、马枪、罗盘仪、一大桶罗姆甜酒和一瓶抗坏血病药剂。"作家得意洋洋地数列着。

"罗姆甜酒删掉，"编辑不假思索便定了，"还有瓶劳什子的什么抗坏血病药水？谁要这个？最好换瓶墨水！至于保险柜，那还非有不可。"

"给您安个保险柜得了！会费本来可以放在波巴布树树洞里，安安稳稳的。那个岛子上哪有人偷钱？"

"没有人偷？鲁滨逊呢？基层委员会主任呢？两个脱产干部呢？还有

零售商店管理委员会的人呢?"

"什么?这个管委会也给救上岸了?"莫尔达万泽夫战战兢兢地问道。

"上岸了。"

开始一阵沉默。

"也许,海浪还得搬张会议桌去?!"小说作者挖苦地问道。

"那——当——然!应当为岛上的人创造良好的工作条件。喏,搞一只长颈玻璃水瓶、一个小铃、一张桌布到岛上去。桌布可以让海浪送张随便什么样儿的。可以是红的,也可以是绿的。我不过分苛求艺术作品。不过,亲爱的,什么是作家的当务之急?表现群众。表现千千万万的劳动群众。"

"海浪不可能把群众抛上岛去,"莫尔达万泽夫执拗地争辩着。"这和故事情节背道而驰了。您想想!海浪一下子把几万人扔到岸上!这不会惹人发笑吗?"

"正好能引出一些健康的、朝气勃勃的、乐观的笑声,"编辑插嘴说,"这不碍事的。"

"不!海浪没有这样大的本事。"

"干吗非得海浪?"突然编辑惊诧地问。

"那用别的什么方法把群众弄到岛上去?别忘了,这是一个荒岛!"

"谁告诉你这是荒岛?你简直把我弄糊涂了。故事是清楚的嘛。有一个岛子,最好是一个半岛,这样气氛更安宁。就在这个环境下铺开一系列扣人心弦、构思新颖、趣味无穷的惊险情节。工会积极开展工作,有时候也做得不太令人满意。那位女积极分子揭露这样那样的毛病,喏,哪怕是收会费方面的问题吧。广大群众帮助她。主任诚恳承认缺点错误。最后可以召开一个大会。这样便会产生艺术效果了。就这样照着办吧。"

"鲁滨逊呢?"莫尔达万泽夫勉强地问了这么一句。

"啊,对了。你提醒了我。鲁滨逊使我感到棘手。删掉得了。一个荒诞无稽、错误百出的牢骚派人物。"

"现在全明白了,"莫尔达万泽夫异常阴沉地说,"明天就改好。"

"好啦。放手创作吧。顺便说一句,你小说的开头有一个海船遇难的情节。我看不要遇难吧。不搞这些，岂不更动人吗？好了，好了。祝你健康！"

客人走后，编辑一个人高兴地笑了。

"我终将有，"他说，"终将有一篇真正的情节惊险，艺术高超的作品问世了。"

某国故事一则

[土耳其] 阿·涅辛

一天早晨，便衣警察队长对他的部下苏铁说："苏铁，我交给你一件非常重要的任务，要知道这将是你的警察生涯中最光荣的一件差事，不过，当然还得看你是否胜任。"

苏铁两眼紧盯着自己的皮鞋尖，不好意思地问：

"队长先生，给奖金吗？"

"只要干得出色，你将会得到三千元奖金。现在竖起你的耳朵好好听着！"警察队长滔滔不绝地交代任务，但此时的苏铁却什么也没听进去，他的思想全在那三千元奖金上了：看起来三千元是一笔不小的数目，但如今物价飞涨，市场上的东西昂贵，这点钱就显得太可怜了。

队长说："你不是在美国专家杰克·凰维尔的训练班里受过训吗？"

苏铁还在想着那三千元，一时没有听清队长的问话，他说：

"啊？"

队长重复道：

"美国情报专家……"

"啊，是的，是的……我在他的训练班里名列前茅。"

"所以我相信你能胜任。苏铁，仔细听着，你要巧妙地把自己化装成乞丐，到普孔路一幢粉红色的大楼对面的拐角处行乞，明白了吗？你要从早到晚守在那儿……"

"明白了，队长。化装成乞丐对我来说一点也不困难。"

"你要注意观察都是些什么人进出那幢大楼。我每天晚上都等你的报告。"

"遵命,队长。"

苏铁化装得十分出色,凡从他前面经过的人都以为他生来就是一个要饭的乞丐。一句话,找遍整个国家恐怕也找不到比他更像要饭的了。

苏铁行乞的第一天上午,队长装作行人从他前面走过时,朝他扔了5元钱,并悄声说:

"祝贺你,苏铁,倘若不是我亲自交给你这项任务,连我都要把你当成真正的乞丐了。"

苏铁忙着把扔给他的零钱塞进口袋里,根本顾不上执行上级交给的使命。真想不到在这贫穷的国家里竟然有那么多善良的、富有同情心的人!那天他盘腿坐在街角,面前铺着一块手帕。不一会儿,手帕上就扔满了钱。苏铁对此大为惊奇,心想:他当警察辛辛苦苦为主子卖命,一个月所挣的钱,坐在这儿伸手要上三天饭就可得到。

第二个星期的一天上午,他猛然听到了一个刺耳的声音:

"苏铁,你至今还没交过一份报告!"

乞丐恐惧地朝队长抬起了头:

"向安拉起誓……我保证明晚把报告给您送去……仁慈的先生们,可怜可怜穷人吧……队长,报告我会给您送去的……老爷太太做做好事,可怜可怜我这孤苦伶仃的不幸的穷人吧。"

队长听了这些使来往行人听来莫明其妙的话以后说:

"我等着你的报告!"

苏铁当乞丐已经有一个来月了,一开始,他怎么也没有想到会要到这么多的钱。另外,这活有个方便之处,那就是自由自在不受人管束,他想干就干,不想干就歇着。苏铁当机立断,一天清晨,来到队长面前。

队长问道:

"苏铁,你干了这么长时间连一份报告都没交过,这回总该得出什么结论了吧?"

"是的,"苏铁说,"队长请看,这是我的报告。"

看了苏铁递上的纸片,队长那蜡黄脸一下变白了。原来,苏铁递给

他的是一张辞职申请书。

"你疯了吗？"队长说，"你不想干到退休了吗？难道你辛苦这么些年就算白干了！"

"就算白干了吧！"

"像你这样有经验的……"

"没什么可惜的，白干就白干了吧！"

队长把手搁在苏铁的肩上，他以多年警察生涯所赋与他的具有的敏锐洞察力的双眼，紧紧地盯住苏铁的眼睛，试图探测他心中的奥秘：

"苏铁，你瞒不了我，这里面有文章……"他说。

苏铁迟疑地打量了一下队长，然后从口袋里掏出一个小本子，把当乞丐期间每天讨来的钱如数念给队长听，他说：

"我是托了您的福才得到这些钱的，所以把事情的真相告诉您，对别人我是不会说的，请您千万不要把这个秘密泄露给其他同事。"

队长高兴地望着苏铁说：

"苏铁啊，你也要当心，绝对不要走漏风声，这个秘密咱们知道就行了，我也想在繁华的大街上选一个恰当的地方，开始干这个行当。"

俄勒冈州火山爆发

[瑞士] 瓦·弗洛特

"喂，是得克萨斯信使报吗？我是贝德尔·史密斯？请立即记下：我永远难忘的俄勒冈州的这场经历，火山爆发。"

"怎么回事？"新来的编辑沃克问道，"喂，喂，接线员！"

"通往俄勒冈州的线路突然中断了，"电话局总机报告说，"我们马上派故障检修人员出发检查。"

"大概要多久？""哦，您得作好一两个小时的打算。您知道，线路是穿过山区的。"

"完了！"沃克沮丧地说道，并沉重地跌坐在他的软椅上。

"什么叫完了？！"主编怒气冲冲地说道。

"您是一名记者还是一个令人丧气的半途而废的家伙？！您不是已经收到报告了吗：俄勒冈州地震！这一消息起码比民主党人报和先驱报早得到一小时。这一回我们可要打他们一个措手不及了……！今天下午当我们独家登出俄勒冈州地震的现场报道时，他们会嫉妒得脸色铁青的。"

他从书柜里取出一卷百科全书。"我要让您看看这事该怎么做！埃丽奥尔，请您作好口授记录的准备！现在，您这个也算是记者的人过来瞧瞧吧！这儿：俄勒冈……海岸地带……山脉……有了：道森城这一带有几座已经熄灭的火山……"

"噢，看来是这里，您把地图拿过去，抄下四周区镇的地名。"他跳了起来，猛地拉开通向印刷车间的门。

"希金斯！您马上来！给我把头版的新闻全都撤出去！我要加进一篇轰动全国的报道！还有，这次要比平常提前一小时出报。"

他叼起一支香烟，大步地在屋里走来走去。

"您写下！通栏标题：俄勒冈州地震！电话联系中断！贝德尔·史密斯为得克萨斯信使报作独家现场报道。

上午时分。在俄勒冈州地区出现了极为可怕的景象。有史以来一直十分平静的巨峰巴劳布罗塔里火山（名字以后可以更正）忽然间喷发出数英里高的烟云。就这么写下去——这里是有关火山爆发的资料的描述，剩下的您就照抄好了，反正总是老一套。

您让沃克把熔岩可能流经的区镇地名读给您听。别忘了写一写人，诸如一个在最后一瞬间被救出来的孩子啦。一个拖着小哈巴狗的老妇人啦等等。

最后：得克萨斯信使呼吁各界为身遭不幸的灾民慷慨解囊。捐款者填好附列的认捐单，将钱款汇往指定的银行帐号即可。若填上认捐单背面的表格，您同时还有机会以优惠价格订阅全年的得克萨斯信使报，这样您家里就有了一份消息最灵通的报纸。通过报道俄勒冈州灾难这一事实即以雄辩地证明本报拥有最迅速、最可靠的信息来源。

排字机嗒嗒作响，滚筒印刷机里飞出一页页印张，报童喊哑了嗓子，布法罗市的居民们从报童手里抢过一份份油墨未干的报纸，转瞬之间当天的报纸全部售完。

三小时后通往俄勒冈的电话线路修复。电话铃声响了，沃克、主编和女打字员同时拿起耳机。

"喂！是得克萨斯信使吗？"响起了贝德尔·史密斯的声音。"那好，请她上记录：我永远难忘在俄勒冈州的这场经历。火山爆发也不如此刻的吉米·布蒂德雷这般厉害，今晨他在富尔通拳击场频频出击，把俄克拉马荷马的重量冠军瓦尔特·杰克逊打得落花流水。在第三局中他以两连串的上钩拳、猛击拳和凌厉而干净利索的直拳将对方击倒在地……喂……喂……您在听我说吗？您听清楚我说的话吗？"

"请等一下，贝德尔，"沃克说道："主编刚才晕过去了。"

黑　信

[捷克] 雅·哈谢克

瓦尔杰茨基公国国王弗里德里赫乘了马车，被狂热的人群簇拥着走得正欢，忽然晴天霹雳似地有一封信飘落到他的膝上，不知是谁扔进来的。弗里德里赫国王笑眯眯读信：

"陛下，您是世界上最傻的傻瓜，傻瓜中的傻瓜！"

弗里德里赫国王顿时笑容尽敛。

正如次日报载，皇上当日御体不适。于是庆祝盛典立即停止，弗里德国里赫国王驾返皇宫。国王一回到宫里，便躲进了书室，潜心琢磨那封大逆不道的信。他至少把"陛下，您是世界上最傻的傻瓜，傻瓜中的傻瓜！"那些字句念了五十来遍，早已经能够倒背如流了，这才猛然发出一声惊呼："这个坏蛋连名字也没留！"

他在书室里乱转一气，嘴里叨念不停："陛下，您是世界上最傻的傻瓜，傻瓜中的傻瓜！"

半小时后，国王下令召开国务会议。

"诸位爱卿，"他颓丧地向他的四位枢密参赞道："在我登基30周年纪念的今天，竟有歹徒将一封黑信投进了寡人所乘的马车。信上说：'陛下，您是世界上最傻的傻瓜，傻瓜中的傻瓜！'"

四位枢密参赞脸色顿时变得煞白。男爵卡尔嗫嚅着道：

"陛下，那封信不是写给您的吧！"

弗里德里赫国王龙颜大怒。

"男爵爱卿，"他厉声言道："我想卿也明白，'陛下'这个称呼在全国范围内只属于我一人，再没有旁人称得起'陛下'了！这封信上明明写着：'陛下，您是世界上最傻的傻瓜，傻瓜中的傻瓜！'当然是写给我的啦！我想卿等迟早会同意寡人的见解。为江山社稷，非查出那名胆敢冒犯寡人的歹徒不可，因为据我看来，其罪如同叛国。现在我就把这件案子交给卿等。想必议会也要对我深表同情，在明天开会时对于这个竟然不惜冒犯国王的歹徒的无耻勾当加以议处……"

国务会议一直开到深夜。警察局长也参加了这个会议。

在次日的议会大会上，主席激情昂扬地读了弗里德里赫国王御笔写的向他的臣民呼吁忠诚的一封诏书。议员们赶紧纷纷宣誓，以表明自己对皇上的忠诚，虽然实际上他们谁都是丈二金刚摸不着头脑，不知究竟出了什么岔子。

一种莫名的气氛闷住了大家。然而警察局长却毫不怠慢：他请求谒见，并且从国家档案库里拿出了那封该死的信。

"您打算怎样办这件案子？"首相问他。

"暂时还不能通告您。鄙人的这次侦查定会一鸣惊人！"

那封信被他送进了国家印刷所。中午，京城里就到处贴满了警察局的告示：

"兹悬赏一千马克捉拿私将写有'陛下，您是世界上最傻的傻瓜，傻瓜中的傻瓜！'之黑信投入皇上马车之歹徒一名。"

这样一来，还不到天黑，全瓦尔杰茨基公国的人便无人不知弗里德里赫国王是世界上最傻的傻瓜，傻瓜中的傻瓜了。而警察局长第二天也就下台大吉。

人缘好的丈夫

［捷克］约瑟夫·斯特蒂纳

默尔克维卡每天回家都很晚,有时要到后半夜。每次他都有种种理由:加班工作,研究生产,工会开会等等。后来,他实在招架不住妻子的抱怨,决定请她下一次馆子。

刚到饭店门口,看门人便迎上前,毕恭毕敬地向他打招呼:"欢迎您,默尔克维卡先生!"

"你是什么时候认识他的?"妻子好奇地问。

"区里开会时认识的。"

管衣帽间的太太见到他们,喜形于色地说:"晚上好,默尔克维卡先生!"

"可这个女人你又是怎么认识的?"

"她是我在街道委员会认识的。"

两人挑了张桌子坐下。服务员立即走过来热情地问:

"今儿个您想吃点什么,默尔克维卡先生?"

默尔克维卡又得向妻子说明:他是在工会系统开会时认识这位先生的。幸好用不着向妻子作更多的解释,文艺演出开始了。第一个节目进行得很顺利。可是,第二个节目时,那个漂亮的舞女来到默尔克维卡的身边,嗲声嗲气地悄悄对他说:

"按照惯例,压轴的舞蹈将献给您,默尔克维卡先生。"

这太过分了!丈夫没有来得及向妻子解释说这个女人是他在妇女委

员会认识的,他得站起来跑来跑去追他的妻子。衣帽间前他也不敢耽搁,边走边付了存衣费。两人穿好外衣,叫了一辆出租车。坐到车里,妻子再也控制不住自己,向他甩了一连串最难听的话。

过了一会儿,出租司机实在听不下去了,回过头冲后排座说:

"默尔克维卡先生,您曾跟各种女人一道搭过我的车。可像这位这么粗俗的,我还没见过!"

男爵的家务改革

[捷克] 哈谢克

男爵克连干卜耳是一位聪明绝顶的人。他在继承了姑母的遗产,即贝托伍霍夫区的一座城堡之后,就开始盘算要在自己这座新田庄上改进些什么了。他觉得城堡前面园中那几棵枝叶茂密的老橡树很是挡风景,因此他便叫了他的新田庄的管家来,要他把它们移植到旁的地方去。

愁思百结的管家整整犹豫了一个星期。只要一想起男爵老爷所出的难题,他的心绪就糟成一团。难道男爵老爷真以为这样大的树也能够移植吗?

最后管家只好去见男爵。男爵正呆在书房里埋头攻读一本科学书。管家先绕着弯扯了一大通闲话,然后才转入正题,说百岁大树是移植不了的,他实在不知道要怎样下手才好。男爵便笑嘻嘻地叫管家从书橱里取出一册厚厚的绿皮书来给他。

"这是一本园艺方面的书,老弟。"男爵和颜悦色地说:"请翻到夹有书签的那个地方,你就知道这事是挺简单的了;那儿还有一幅插图。你瞧,讲得明明白白。你念念看!"

于是管家念道:"倒挂金钟移植法。将倒挂金钟连根自花盆内取出,移入另一盆中。移时应万分谨慎,勿伤其根。"

"你瞧,老弟,这不是挺容易么。你去叫人把橡树拔出土来,把它们送到我就要告诉你的地方去。在那指定的地方挖一些大坑,再把橡树栽进坑里,这不就妥了么。我有好些整顿产业的宏伟计划。你的职责就是经常一贯地去执行它们,这才能把事情办好。当然,开头有些事是会使你为难,比方说,移植橡树。然而咱们有的是专业书籍,一应俱全,不但如此,还有一大本百科辞典给你用哩。你就先从移植城堡附近那棵最老的橡树开始吧。可得对树根多加小心,每根树根都要好好地从土里刨出来。移植的时候,橡树要像倒挂金钟那样办,最要紧的是别弄坏树根。橡树和倒挂金钟还不一样都是植物吗。"

男爵一时谈得兴起,管家不敢拂逆半句。

"我要把全部橡树都栽在城堡背后那座池塘旁边,不,不如弄干池塘,把橡树栽进去取鱼而代之。池塘的四周再放几把长椅,我要在那儿悠悠闲闲地休息。哎,老弟,橡树什么时候开花呀?这点是非常要紧的,因为如果树上一冒花苞,便移植不了了,这本书上就说得有,连倒挂金钟也不能在开花期间移植呢。好在目前正是秋天,我的顾忌似乎有些多余。啊,还有,在这件事情上我真是绞尽脑汁了。倒挂金钟只能在温室里移植,而移植橡树的时候,这点却办不到。但橡树对寒冷偏偏也很敏感。你听我讲,看我把事情考虑得多周到。咱们要把橡树周围的泥土烤暖;因此就得在弄干池塘的同时砌上一些小炉子,把土先在炉里烤暖,然后再拿去填坑。移植须在白天进行,因为就连倒挂金钟也不宜在夜里移植。不然叶子便会遭殃啦。

"我认为在移植橡树的时候,雨也相当有害。所以在把树拔出土来的当时,工人必须爬上树梢,打着伞坐在那儿,直到雨停或完工为止。

"我还要和你谈一样东西。在栽着橡树的土坑里咱们再种进一些海枣。嘿,当咱们收获头一次枣子的时候,该有多妙啊!就从经济方面着想吧,光栽海枣也要合算得多。我已经在这件事上琢磨了好久,总觉得非认真整顿一下家务不可。为什么咱们谁也不去种海枣呢?全是一个'懒'字害人!我却偏要使我的海枣果畅销全球,须知我这田庄的土壤真是非常之好呢。昨天我到地里去看一下,倒使我吃了一惊:我说,哈,多好的甜菜哟!谁知道看地的却答道:'请原谅,男爵,这不是甜菜,是土豆。'我想,要是会使人把土豆和甜菜弄混,也就可见土壤之好了。不过土豆的梗和叶子都很干,还有一些破败。明年咱们得在每窝土豆旁边插上几根长棍,把土豆梗绑在棍子上,就像蛇麻和葡萄藤那样。这样做有很多好处，因为土豆势必朝天生长，不会往地下钻了，这便再也不用挖掘，只消一摘就行，不但利落得很，活儿也干净不少。到那时大家要不佩服我的治家有方才怪哩。

"咱们还得摸出点种地的俭省窍门来。鬼才明白为什么咱们要第一块地种小麦，另一块地种黑麦，再一块地种燕麦，又一块地种大麦呢！你去吩咐他们这样做吧：把麦种杂七杂八地混合在一起，撒在同一块地里，使小麦、燕麦、大麦和黑麦都长在一块儿。这样咱们首先就节省了地面。再说，咱们也无须第一天割燕麦、第二天割黑麦、第三天割大麦了；这岂不省下了时间？到了冬天，大家在地里没活干了，就可以把打下来的麦粒分拣出来，各归各地放成四堆。往后咱们还要实行一些旁的改进，首先就要采取防雹措施，把庄稼种在大席棚或布篷下面，把可可和咖啡种在向阳的斜坡上面，还要种些老玉米啦、谷子啦什么的。唉，家务给荒废得真不像话。但我仍然希望能在大家的齐心合力之下把它及时整顿起来。至于那些个子小的家禽，咱们也得改造一下。要想养出个子大的小鸡，就要把公鹅拿来和母鸡交配，并且还得在母鸡孵好了蛋的时候留神照料，千万别让公鸡把小鸡一口吃掉，像公猪吞食猪崽那样。猪也真不讲卫生，老爱在烂泥里面打滚，把它们的肉味都弄糟了。所以你要去吩咐一声，叫他们在所有的猪崽身上涂上一层黑漆，再放在炉旁烤两天，把漆烤干。为什么猪崽老爱在烂泥里面打滚呢？就因为它们讨厌自己身上的清淡颜色，总想变得黑咕隆咚的。如果咱们投其所好，给它们涂上一层漆，它们就不会再去滚烂泥、马上就会得其所哉了！咱们还要给奶牛修些澡堂，使它们的奶水更足，而且健康的牛的奶味也要好一点。

"就这样吧，老弟。咱们要永远抱着百尺竿头更进一步的精神。好啦，你去吧……"

管家立刻就去跳水死了。

生活经历

〔捷克〕哈谢克

玛丽小姐对威尔逊先生说：

"亲爱的威尔逊，咱俩可得开诚相见了。这想必你也很明白，因为从明天起，咱俩就是夫妇啦。在咱俩的历史里，谁都免不了会有一些不光彩的地方。现在咱俩就来谈谈各人的经历吧。"

"是不是该我先谈？"威尔逊先生问。

"你就先谈吧，"玛丽小姐答道，"不过要尽量详细，可别漏掉一点。"

"好。"威尔逊先生答道。他往安乐椅上坐得更舒服一些，吸起了一支雪茄烟。"我出生在加拿大的梅利也斯。我的父亲，亲爱的玛丽，是一条好汉，有着赫克里斯般的壮健体格。虽然我那时候还不满5岁，我却很清楚地记得我父亲由于拼命弄钱，终于进了监牢。直到现在从梅利也斯到湖滨一带所有的富翁没有一个不记得当年我父亲那股强盗的威风的。

"他抢的尽是些有钱的农场主，因此给我家攒了很大一笔财产。

"我还记得，当我4岁的时候，他怎样把我带去看他们抢劫湖滨的一个有钱的农场主，作为给我过生日的礼物。

"'明年我再带你来。'他还许了个愿。唉，谁知我们这个愿望竟成泡影，因为父亲终于被判了10年徒刑。

"现在我还记得，他在法庭上依然神色自若，谈笑风生。判词宣读以后，他发言道：'诸位先生，我谨代表我的儿女们向你们致谢。我每天的生活费平均要两块钱，一年就是七百三十块，十年就是七千三百块。诸位先生,我再一次地代表我的儿女们向你们致谢。你们使他们省下了七千三百块钱。万岁!

"父亲坐牢以后,家里便由母亲作主了。她打算离开乡下,搬进城去。然而在变卖田产上却发生了一些困难,因为母亲的价钱要得太高了。于是她决定把庄园保上险。我们把所有比较值钱的东西都偷偷卖掉了。当我满6岁的时候,母亲就把我叫去说道:'乖孩子,看来你爸爸真得为你而自豪。虽然你的年纪还小,但你已经显得十分机灵,很有出息了。喂,你喜不喜欢看一场大火,比方说,就像咱们的房子家具着火时的那样一场大火?'

"'我当然喜欢看这样一场大火罗。'我回答她道。

"我的母亲继续说下去:

"'你不是早就想要一盒火柴吗?现在给你五盒。只要你高兴,就可以去把草棚里的草料点着。不过可千万别说出来,否则你爸爸一出牢回来便要像枪毙黑人托利那样毙了你。明白吗?'

"于是我便放火烧掉了整个农场,使我们骗到了六万多块钱。母亲为了嘉奖我,给我买了一部精装圣经。那本书封面上的皮子,每一平方公分都要值一块两毛半。圣经商人硬说那是从色巫族酋长身上剥下来的皮。后来我们才知道,那个酋长还活着。我们可上了圣经商人一个大当。

"搬到了纽约以后,母亲并不肯坐吃闲饭。这个雄心勃勃的巾帼英雄竟想办一个有真正的印第安人参加演出的大马戏团。

"于是她便在西部地区的报纸上登了一则启事,征求体格健壮、声音洪亮的红人前来演戏。结果一共征求到了30来位,其中恰巧就有色巫族酋长戈达基亚斯哥(简称"小铃子"),正是圣经商人谎称把他身上的皮卖给了我们的那个人。

"谁知我的母亲竟对这个红大汉一见倾心。在我8岁的时候,她给我添了一对双胞胎兄弟,一对非常好玩、青铜色皮肤的色巫族和加拿大族的混血儿。然而母亲却不能亲自喂孩子,因为戈达基亚斯哥不愿意他的儿子吃法国女人的奶,原因是当时法国枪杀了许多起义的印第安人。因此一个黑娘们儿便来当了小孩的奶妈。不料我的继父见异思迁,又爱上那个黑娘们儿。当我刚满9岁的时候,他就背弃了和我母亲所订的演戏合同,带着那个黑娘们儿跑到西部去了。母亲上法院告了他。于是戈达基亚斯哥（或小铃子）被抓了起来。他在和我母亲对质的时候，还口出不逊。我母亲就掏枪把他打死了。

"结果法庭判她无罪。我们的马戏团不久也一跃而为纽约市布鲁克林区的人文荟萃、群贤毕集之地。

"那时我已经满了9岁。母亲把我放在马戏团里任人参观，票价每张五角。原来我曾经在审讯她的当时大吵大闹道：'要是你们说我妈妈有罪，我就要把你们这些陪审员统统枪毙，不管是九级十级还是十一级的。'"

"啊，"玛丽小姐赞叹一声。"你太使我敬佩啦，威尔逊！"

"后来，"威尔逊先生继续讲道："当我10岁的时候，我从家里偷了一万块钱，同一个9岁的小姑娘逃出了布鲁克林区。我同她顺着古德逊河往上游走，过了一座农场又一座农场。我俩脚不停步地走呀，走呀，实在是走得太累了才找个树荫停下来歇歇，互相谈些甜蜜蜜的话儿。"

"哎，亲爱的威尔逊！"玛丽小姐兴奋地喘着叫道。

"在奥里基贝有一伙小强盗。"威尔逊继续往下说道："我在把一张百元大钞换成零钱时露了财帛，他们便向我俩扑来，将钱一抢而光，还把我俩扔下了河。结果那位小姑娘淹死了；因为她的脑壳太软，那伙小强盗一锤就把她敲闷了。至于我，虽然我的脑袋也被打开了花，但我却仍然挣扎着爬上了岸。擦黑的时候我到了一个村庄。在那儿我把一位收留我的地方牧师的积蓄全部偷走，从附近的车站逃往芝加哥……"

"把你的手给我握握吧。"玛丽小姐恳求道。"对，就是这样！亲爱的威尔逊，你能作我的终身伴侣，我是多么荣幸啊！"

威尔逊继续叙述道："于是我便单枪匹马地乱闯开啦。后来事情越发展越凶，我当了一个擦鞋童。这种职业你当然听到过，因为那些欧洲文人动不动就要在小说里用上一句美国生活方式的话：'当一个擦鞋童。'

"11岁时，我还是在擦鞋；12岁时照样；14岁的时候，我就吃官司啦，因为我狠狠地打了我的情敌一枪。我的意中人才12岁，我每天都要给她擦皮鞋。谁知后来对街有个14岁的擦鞋童也爱上了她，你看气不气人！为了要排挤我，他把擦鞋的价钱降低了一分钱。我的意中人又非常注意实惠，连每天多花一分钱也不肯，因此她便投到我的情敌那边去了。

"于是我买了一只手枪，因为我那只从8岁便带在身上的小手枪用来杀人似乎还不中用。糟糕的是，就连那只新买的手枪也只使我的情敌受了重伤，并没有把他打死……

"所以我劝你，亲爱的玛丽，以后千万别用'格利安拉'式手枪……"威尔逊长叹一声道。"审讯时，我的真名实姓和三年前从家中逃出来的事都给抖搂出来了。这倒使我成了红极一时的人物。报界人士坚决要求把我释放，扬言只要一旦判我有罪，人民就会来营救我。把法官先生们一律'凌迟'处死。我也发表了一篇慷慨激昂的申辩演说，在演说的最后讲道：'仁人君子们！从你们的尊口里也许会吐出个"行"字来。唉，那我只好让他们判罪。要是你们吐出来的是"不行"二字，那我就有救啦。'

"我这镇定自若的谈吐不仅引起了大家的惊佩，而且也促成了我的被释。自此以后，法官们再也不到别人那儿去擦鞋了，都到我这儿来擦鞋。

"芝加哥有一位出版商印了一大批带有我的小像的明信片，还有一个很有名的百万富翁绅士正愁晚年没法花掉他的家财，很想收我为义子。我也乐得应允，就搬到他家去住了。

"但我实在是海阔天空地自由自在惯了，不大理会他的管教，也不大顺他的脾气。我的义父因此又急又气，终于活活气死。

"我把能够拿走的财物席卷一空，便到西部去了。那时我已经长成一个少年，有14岁了。在旧金山我染黄了脸，并给自己定做了一条大辫子，然后就冒充是一个全国唯一会唱美国小调的中国人，到咖啡馆里去卖艺。

"谁知我的冒充不久就被一个真正的中国人识破了，我刚一演完，他便怒不可遏地用真正的中国话骂我，把我揍得遍体鳞伤，使我不得不在医院里躺了差不多半年。后来，玛丽小姐，我一出院，就被一只走私的商船雇了去。不料我们那只船又发生了爆炸，当然我也随着船被炸得满天飞。幸好我还很有运气，终于被渔夫们从海里救了起来，送回岸上。我囊空如洗地上了岸。那时我已经有15岁了。一位拥有大批牲口的农场主好心地把我收作牧童。由于那儿离城市只有五小时的路程。有一天，我便顺顺当当地偷赶了二十头牲口进城去卖给了牲口商，然后逃回东部。"

"亲爱的威尔逊！"玛丽赞叹不已："你真是遂了我平生的心愿！……"

"我便在印第安人中贩卖起武器来，"威尔逊先生继续说道："还卖给他们一些火酒、圣经和祈祷书。17岁时，我当了一个教派的年轻传教士，很得印第安人的人心。当时有一个别派的传教士抢我的生意,做起了规模更大的买卖。尤其是在火酒和威士忌这两种货上,他更压倒了我。我就发动印第安人去剥了他的头皮……"

"我的了不起的威尔逊!……"

"后来我又改了好几次行,还打死五个人……"

"还打死过五个人吗?啊,我亲爱的!"玛丽小姐赞叹不绝:"你真是条好汉!……"

"我又抢了两家银行。最后,亲爱的玛丽,"威尔逊先生道:"我成了'威尔逊大银行'的大股东和一位天仙般的美人儿,就是你,玛丽·欧薇小姐,两百万年金的所有者的情人……现在该你讲啦……"

"我又有什么好讲的呢?"玛丽小姐答道。"要讲也只有一桩,那就是我从过去到现在一直非常有钱。我的生活灰溜溜地平淡无奇。我经常幻想,深愿能够得到一个像你这样的丈夫,决不会嫁给庸庸碌碌之辈……现在总算是如愿以偿啦。把你的手再给我握握吧……我对你真是一见倾心啊。"

他俩还小谈了一会儿,终于威尔逊先生起身告辞了:

"祝你万事如意,亲爱的玛丽!明天11点钟,马车、牧师、教堂,咱们就永结同心啦。玛丽,咱俩将永远在一起!……"

"真是一个了不起的男人!"威尔逊先生告辞以后,玛丽小姐还在赞叹:"一个了不起的男人!和他结婚后我还会经历许多有趣的事情……咦,这是他忘下的一本什么书呀?也许是从他衣袋里掉下来的。"

她毕恭毕敬地捧起那本书来,打开,念了一念标题:"使淑女们惊佩不已,从而钟情于绅士之奇术"。

"唉!"玛丽小姐绝望地呻吟了一声。

她又翻到第一页。一行划着记号的字句赫然呈现在她的眼底:"胡诌一通浪漫故事就能捞到任何淑女……"

第二天早上9点钟,威尔逊先生收到一封电报:"杀千刀的骗子手!我把你调查了一下。你往你自己脸上贴金的事情尽是瞎吹。原来你只不过是查尔士·威尔逊的平庸无奇的儿子,一个普普通通、老老实实的公民的儿子罢了!但我却瞎了眼,对你产生了好感,你说你该死不该死!我和你从此一刀两断。你休想再来见我啦!"

善 人

[捷克] 哈谢克

"真善人"行善俱乐部委员会,在十二月初结账的时候,发现他们还有一百二十克朗的现款。于是委员们便聚集在俱乐部的房间里,商量在圣诞节以前怎么样更好地利用这笔款项。

满脸酒气的主席正在喋喋不休地大谈孤儿寡母,甚至还脸色阴郁地讲起,一个在圣诞树上上吊的穷寡妇的秘史。可接着他却打起嗝来,并让人去给他拿李子酒来。

这时,出纳员又弄来三瓶啤酒,委员会这才又议论起这笔慈善基金的最适宜的用途来。当主席喝了两口掺在啤酒里边的李子酒后,建议在报纸上征求穷苦的寡妇五名,可是一定要在征求启事里讲清,只有那些清贫、拖儿带女、既贤德又正经的寡孀才能应征,并请他们在每天晚上五点至六点之间,来行善俱乐部交呈应征申请书。

对入选的寡妇,每人将发给二十克朗的救济金,五名一共一百克朗。还剩下二十克朗,而这笔钱又该怎么样处理呢?

委员们机智地解决了这一难题:他们决定用剩余的这笔款买酒喝,于是这样便把这笔慈善基金变成了一个整数。

从登报征求以来,效果很好。主席在每天晚上五至六点之间,坐在俱乐部里,一边喝着酒,一边面色阴郁地收着寡妇们呈交来的申请书。头一天就收了六十份,尚有二十份是邮寄来的。主席给弄得十分疲乏,心中很是焦躁,对行善之事已经不那么热心了。这群源源不断地涌上门来的寡妇，一个个吻着他的手，向他哭诉着，使得他没有好气。

有一个寡妇领十二个小孩子进屋里来，可怜的主席睁大了眼睛呆呆地看着那群相貌几乎完全相同的小家伙。只听母亲一声令下，他们便一齐大放悲声，并吻起他的手来。他们那副埋汰的样子，在主席的眼里更显得格外可怜。使得他几乎要从自己衣袋里掏出几个小钱来赏赐他们。

不料正在这个时候，又有一群人蜂拥着进入房间。这一次共有五个小家伙，由一个威风凛凛的女将率领。当她一见已经有人先来到这里，顿时脸上杀气腾腾，双脚一跳就扑向那十二个孤儿的"亲娘"，一连打了她好几个耳光。

"老娘才是真正守寡的人呐！"她厉声大叫，"你有汉子，整天吃鱼吃肉，却把全屋的小鬼们都弄这儿来骗人，你这个骚货！……"

主席又吃惊又害怕地呆望着这出全武行的开打。挨了耳光的妇人，在她的对手身上打断了主席的一把伞。这群小鬼们也互相揪着撕打起来，几下子便将书橱上的玻璃打得粉碎。

主席在盛怒之下，也抡起双拳投入了这场混战。多亏俱乐部的看门人及时到来撵跑了那位"亲娘"，小卖部的人员也闻讯赶到，轰走了那个刁妇，小鬼们也一个个溜之大吉。最后总算是安静了下来，这时才听到主席有气无力的声音：

"快给我拿点白兰地来……"

将近六点钟的时候，二十杯酒已经进入主席的肚里。他将桌布抓扯过来胡乱盖在身上，在安乐椅上呼呼入睡了。可是，申请书却撒了一地。

当俱乐部委员们到齐了之后，主席正在隔壁房间的长沙发上闷睡呢。于是，大家便预感到一定是出了什么岔子。

这天晚上，这帮善人们的酒喝得很有节制，总共才喝了十五克朗的酒。扣除给书橱重新配上玻璃之后，慈善基金的现款，就净剩八十克朗了。因此，救济金的数目也只好相应削减，其结果是二十克朗救济金的名单，一下就变为四人。

次日，改由出纳员来收申请书。这个人更不是块好料。当有一个申请人伸出一双手搂住他膝盖的时候，他即气势汹汹地大发雷霆：

"滚开！给我滚开！这成何体统！"

接着，又来了一个年青貌美的寡妇。

"少罗嗦！"出纳员大声嚷道，"交上申请书一切手续就算完了。懂吗？我又不是三岁小孩子。走开！"

不久，委员们又重聚一室，又郑重其事地开始讨论起俱乐部的崇高宗旨来。主席要求赔偿他那把被弄断的伞。总而言之，他希望得到二十克朗的损失费：一是赔伞，二是赔偿他昨晚值班时的精神损失。大家都说他是个酒鬼，企图把俱乐部整垮。

出纳员大声说，如果主席能领取这二十克朗的话，那么所有值过班的委员们也都要照顾一份。另外，他要求报销他今天值班时，吃掉的一盘烤牛排和三瓶啤酒，共花去二克朗。

他们争论得十分激烈。最后大家意见逐渐趋于一致：如果让这二十克朗落入不义之手，倒不如将它们救济给两名淑仪贤惠的寡妇更好些。

酒会散了之后，慈善基金又消耗了一大笔。

圣诞节的前夜即将降临了，而俱乐部的钱柜里，只剩下六十八格聂耳了，桌子上却堆满了穷苦寡妇们交上来的三百二十二份申请书。

"诸位"主席宣布说。"今年由于种种原因和突如其来的情况，圣诞节的救济金就不能照发了。现在，剩下的一个问题，就是怎么样处理这笔剩余下的六十八格聂耳现款。本人建议将它移到来年的慈善基金中去。好吗？"

流言蜚语

[前南斯拉夫] 布·努西奇

苍海波涛，涓涓流水，腾腾蒸气，缕缕电波，水火电力，磁之引力——这种种自然界威力，较之人的力量，不知要胜过多少倍。这种种威力有排山倒海之势，可使斗转星移，能使万物升腾、吸引，也能使乾坤逆转。

但毕竟还存在着这样一种力量，这样一种人类智慧的体现。它胜似一切自然界的力量，这种力量就称之为流言蜚语。

上述自然力中，没有一种力量像流言蜚语这样能使众生覆灭、万物俱毁，或使其灼伤，或使之焚尽。上述自然力中，没有一种力量能像流言蜚语这样叫人既看不见又摸不着，但却又如此不屈不挠、坚韧不拔。

它无火无焰可使万物俱焚，它不轰不鸣可叫众人丧生。不战不斗却所向披靡、无往不胜。

流言蜚语还有一种特性为自然界诸种力量所不具。大凡自然力均随其使用而减少，然流言蜚语则反之：愈用愈大，愈用愈烈。

在下之论点并非信口雌黄。我有言在先，我做过大量的实验。我很想将此种种实验之结果向诸位禀报一番。

作为一个专事考察者，绝无坐等事件自显真像之理。他应亲自去寻找这些事件、诱其发生、进行实验和试验。化学家是这样做的，物理学家也是这样做的。大家都是这样做的。可见，我也应该为揭示真理从事一番试验和实验。

有两个问题使我很感兴趣：其一，流言蜚语可以多长时候内传遍全贝尔格莱德？其二，当其回到制造者那里时又会是什么样子。

为搞清这些问题，我采取了下述行动：

前天，时值 10 点 17 分正，我在特拉季耶夫喷泉处遇到了维达太太。于是我便走上前去探问其近况如何，生活怎样。寒暄过后，我就似有若无地问了一句：

"有关米尔科维奇先生的事您已经听说了吧？"

"什么事？"

"据说他和老婆离婚了……"

"这不可能！"维达太太惊奇地叫了起来，"真想不到！要知道，他们生活得多么和睦美满呀……可究竟是为什么呢？"

"原因尚不清楚。噢，对啦，可能并不为什么，纯粹是倒胃口罢了，在一起生活觉得无聊罢了。"

维达太太在匆匆忙忙同我告别后，没走几步就碰上了别尔希达太太。

"我亲爱的，遇到您可太好了。我的天哪，您听到新闻了吧？"

"什么新闻？"别尔希达太太好奇地问道。

"据说米尔科维奇和他的老婆离婚啦！"

"不可能吧?！"

"她已经不在他家住了，还有什么'不可能'呢！昨天他把她打发回娘家去了。"

"我的天哪，为的啥呀？"

"谁知道呀。说不定就为那个中尉。真不该出这种事儿。一般都不会因在一起住腻了而分手的。"

"那还用说，唉，真没想到他会……哎，再见，维达太太，再见！"

别尔希达太太沿着米哈依公爵大街又继续走自己的路了，她在"俄皇酒店"附近同雷邦先生相遇了。

"我在生您的气哪。"她信口说了一句。

"为什么？"雷邦先生大吃一惊。

"叫我怎么不生气呢，您昨天在我那儿天南海北地扯了一个晚上，可是，有关重要的事情却滴水不漏。"

"有关什么事情？"

"您还不知道啊？米尔科维奇都和他老婆离婚啦！"

"凭天起誓,我真的头一次听说。"

"如今,全贝尔格莱德都在议论这件事,您怎么会头一次才听说呢?这可不是拌拌嘴的事,的确是件地地道道的丑闻。您还不知道,他把老婆给赶出去了,为了一个什么中尉。当着别人的面,他把中尉给堵在自己的家里。据说,他们都动起手来了。啊,当然啦,究竟是怎么回事我也不大清楚。不过,这倒是一部浪漫史,一部地地道道的浪漫史!"

"您去看看,好好打听打听,搞清全部细节,可一定得在今晚或明天早晨到我们这儿来一趟,好把这一切讲给我们听听。"

"我的上帝啊,那当然,这还用说吗!我现在就到办公室去,一切都会弄个水落石出的。和我一起共事的三位有家室的官员,大概,他们早就从妻子那儿听说这件事了。吻您的手。再会!"

"那就看您的啦,可别忘了到我们这儿来,把这一切详详细细地给我们讲讲!"

"怎么能忘呢!"

于是乎,这位雷邦先生便来到了办公室,时逢那三位有家眷的官员正在那儿啜饮咖啡,一面还在商谈今天该到谁家去共进午餐的事。

"先生们,你们谁听到有关米尔科维奇的事情的详细情节?"

"有关什么事情?"三位官员异口同声地问道。

"关于家庭丑闻!诸位当真就一无所闻吗?"

"没听说过!"三位官员又异口同声地答道。

"真遗憾。这可太有趣了。嗯,那好吧,听我说。事情是这样的:有那么一个中尉,他爱上米尔科维奇的老婆。至于说细节嘛,诸位未必会感兴趣,然而,主要的是,前天这位中尉从窗户钻进她的卧室,而米尔科维奇和两位见证人一起从正门走了进去……他们进行了决斗,昨天……早晨……就是说,嗯,决斗嘛当然,那倒不至于,不过一般来说,是应该决斗的。不过,详细情况我不大清楚,不过,据说,米尔科维奇把他老婆扭送到娘家那儿去了,并对他丈母娘说:

'喂,还给您,收下吧!'"

"请说下去!"三位有家眷的官员感到惊异了。他们好不容易挨到午休,时间一到,就各奔回家。无须说,每位都按照自己的想象把刚刚听到的新闻讲给自己的眷属听。想必是这样说的：

"想想看，米查，你猜猜出了什么事?！谁能想到，米尔科维奇的老婆竟会……"

"哪位米尔科维奇的老婆?"

"咳，难道你连她都不认识?"

"认识，呶，那又怎么样呢?"

"谁能想到，她竟然是这样一个下流的娘们!"

"哟，瞧你，都说些什么呀?"

"据说，她丈夫在此之前就堵过她们十来次了，但是，这位善人却不忍心下手，怕家丑外扬。可现在，看得出，他实在是忍无可忍了，把老婆赶出去了。昨天他和宪兵一起把她送回了娘家。并且，又直截了当地对丈母娘说：'喂，还给你，收下吧！苹果离开苹果树是不会滚多远的——你们都是一路货色!'"

"这不可能!"米查太太一面吃惊地说，一面画了个十字。

"这可是一部真正的浪漫史，地地道道的浪漫史！懂吗？有那么一个中尉，他换了件便服爬进她的内室里去了。昨天，他们进行了决斗，那个中尉受了伤。"

"伤到哪儿啦?"

"不知道。有人说，一根手指给打断了。"

米查太太简直是目瞪口呆了。岂止是米查太太，还有那两位列波萨娃太太和艾拉太太，即另外两位已婚官员的老婆，也都惊呆了。想必是，午餐时，丈夫们已把这件新闻告诉了她们。

午饭一过，把丈夫们送到办公室后，米查太太、列波萨娃太太、以及艾拉太太，就在一起碰了头，随后便各奔东西了。仿佛，她们早已把整个贝尔格莱德都分片包干了。

一位走遍了弗拉恰尔的整个西区及东区的一部分，另一位跑遍了帕利卢尔区以及特拉狄埃广场的部分地区，第三位则串遍了瓦罗什斯基市区以及靠近剧院的多尔乔尔部分地区。

她们挨家挨户地串着，难道说，能找到跟得上她们的人吗？起初，我本来是想跟踪她们的。但很快就不见她们的踪迹了。

唯一我所发现的，就是我们的这些太太们所到之处，各家女主人把她送走之后，也都赶忙穿上衣服，前往另外一些人的家里去了。

于是，关于米尔科维奇"事件"的信息就以新闻电讯般的速度在全市散布开来。在下根据近似法（大凡统计材料无一不是基于近似法之原理编辑而成）统计查明：午后，3 至 5 时，有 272 名妇女在走家串户，为议论米尔科维奇"事件"而奔波。

傍晚，确切些说，时值 6 时 24 分许，我再次同维达太太相遇了。她就是我在上午 10 点 17 分最先把杜撰的新闻告诉她的那个女人。

维达太太刚从女友那儿回来，一见到我，她就两手一拍地说：

"我的天哪，既然您要和我共同分享这样有趣的新闻，干吗不全都告诉我呢？害得我不得不向别人去打听细节。"

"可我并不知道详细情况啊，'您说说看，倒底是怎么回事，求求您，对此我很感兴趣。请！"

"那好吧，刚才我在优尔卡太太家，从一位绝对了解内情的人那儿听到这件事。中尉叫约瑟福。不用说，早在米尔科维奇太太尚未出嫁时，他就和她勾搭上了。在嫁给米尔科维奇之前，她就已经不是个黄花女子了。可米尔科维奇原谅了她，指望她能改邪归正。可是这个中尉还是一个劲地缠着她。因为他经常改装打扮，不是穿上女人的裙子，装成上工的女佣人，就是打扮成扫烟囱的工人，所以也就没抓住他。

就这样，在事情未败露之前，他经常去。有人说，好像米尔科维奇先生在自己的床上发现了烟灰的痕迹。于是就把他抓住了！二十几名宪兵把住宅围了起来，米尔科维奇把他老婆打个半死，把她的头发扯得乱七八糟，随后和宪兵一起把她拖上出租马车，送回了娘家，最后，米尔科维奇先生还吐了丈母娘一脸唾沫。第二天早上，他和中尉决斗了。齐刷刷地砍掉了中尉的十根手指。部队只好叫中尉复员。这可是我从消息可靠的人士那里打听到的。"

我们分手了。实验进行得极为成功。于 8 小时零 7 分的时间内，流言蜚语便惊动了全贝尔格莱德市。列位诸君，您已目睹在下放出这一流言蜚语时，它是什么样的，而当维达太太将其还给在下时，它又是什么样的。

其实，就在当天晚上，我就看到米尔科维奇和他的太太。他们正手挽手地走在大街上，心满意足地谈论着家庭的幸福生活。

门 把

[前南斯拉夫] 法·哈兹其

今年的头几天,我打开起居室的门,而门把却落在我手中。

我去找锁匠,请他来把门把安上。这锁匠,油光满面,胡子拉碴,在笔记本上涂鸦着什么。他说第二天晌午时分来。于是我等着他,可他却未露面,我就又去造访。

"你不是说昨天来给我修门把吗?"

"我今天去吧!"锁匠亲热地拍拍我的肩答应道。

这可是一种额外礼遇,因为锁匠并不是见着谁都拍拍肩膀的,而只有那些临近街道的人才有此殊荣。我等了整整一个下午,但他并没来。周末,我便携妻一道出门了。星期一的第一件事是去找锁匠。

"嗨,你去哪儿了?"锁匠跟我打招呼。

"我可是等了您一整天啊!"我谦恭地回答。因为锁匠看我的样子,表明他并不想做太多承诺。

"我第二天就去你那儿了,按了半小时门铃。"锁匠出语尖刻。

"我们出门去度周末了……"

"那现在我们能做什么呢?"锁匠冷漠地盯着我的双脚。我赶紧把脚放正。

"请马上跟我走吧,我们一块走,这就样不会产生误会了。"我亲热地拉着他提议。

"好吧,不过我得去邻里的一位老太太那儿然后再去你那儿!"锁匠同意了，开始往黑袋子里装工具。

我从早上十点等到半夜，他没有露面。第二天他怒容满面地等着我。

"那么这次你是怎么回事？"

"我怎么回事？你是什么意思？我等了你14个小时！"

"你以为我在干什么？打牌吗？"锁匠发怒了，朝我大喊大叫，横眉竖眼，好像在对他的徒弟说话。

"这我就不明白了。"我真诚而柔和地答道。

"我也没搞懂。我至少按了10次门铃，而你当时正等我吧！"锁匠怀疑地凝视着我。

"你在哪儿按的门铃？"

"在三楼你家门口啊。"

"我住一楼。"

"什么时候开始的？"

"至少在10年前。"

"你名叫默希查？"

"不，我叫哈兹克。穆齐卡住在三楼。"

"圣母玛丽娅，"锁匠从黄黄的牙齿间迸出几声责骂，"那么是我按错门铃了。"

"我们约个时间吧！"我竭力提议，"今天一点钟来吧！"

"不行！明天一点吧。"锁匠决定了，又拍拍我肩膀，表示他已原谅我这次误会了。

第二天一点，我给他准备好咖啡和国产白兰地，咬着指甲耐心地等到晚上10点。第三天，我怒不可遏地去找锁匠，却见门上贴着张留言条："马上回来。"我来回跑了7趟，而那张便条"马上回来"却仍然贴在那里。过了一天便条还在老地方。第三天附近的理发师告诉我，锁匠已去海滨了。

他回来了，精神饱满，皮肤黝黑，凸起个圆圆的肚皮，活像匹小良种马。

"吃过烤鱿鱼吗？"他在门廊迎接我。

"没有。"

"那味道可真不错,但只有用上好的红葡萄酒冲洗过才行。"

我小心翼翼地提醒他有关我门把的事,而有关我默默等待的苦恼只字未提,怕的是打扰了他吃烤鱿鱼的那种虔诚体验的气氛。

"我们马上处理这事,不过我得快点应付一下对面街上的那些人——他们的水管被污物堵了一个晚上,溢得一塌糊涂。"他指着一栋房子,里面的住户像海滩船上的旅客一样向他挥着手。

我自己得承认,与一场"水灾"相比,一只门把不过是小事一桩。

"我最迟半小时后到你那里。"锁匠答应了,脸上满是那种吃饱了海鲜特产的男人所表现出的喜悦的神色。现在他有足够的力气取悦全人类了。

我等了两天。我已决定另找一位锁匠,但在街上总是遇到同一个人。

"你那个门把修好了吗?"他心不在焉地问我,就像一位大学教授不知道把雨伞忘在哪儿一样。

"还没有。"我很不友好地咕哝。

"嗯,那么在家等着我吧,我十分钟后到。"他热心地拍拍我的肩,然后走进一家小酒馆,那儿有几个人兴高采烈地向他招手。

透过窗子,我看见他走出来。此时夜已深,酒馆打烊了。他勉强穿过了马路坐到他的车上。我祈求上帝,希望他此时不要到我家来,因为像他这个样子,可能要修一个晚上的锁。

两天后,我埋着头走进他的作坊,如同走进教堂,最后一次友好地请他解决门把的问题。

"我已吃够这些小玩艺儿的苦头了。"他毫无顾忌地说,随后又更厚颜无耻地补充:"我就是不给别人做,也要给你做。不过为了一个门把专门走一趟,这不值呀。"

他答应星期四来。我等了整整一个上午,他没来。

那天晚上,我们请客聚餐,客人们就在起居室就坐。当着客人面,起居室的门没有门把让我尴尬极了。这虽是一件小事,但即使是猪圈的门上少了它也是很不方便的。

席间,有位客人是工程师。他注意到门上缺个门把,便主动要求修好。他拿了一段粗金属丝,用锉子不知怎么锉了锉,不到10分钟,便能看见门把在门上闪光了。我简直不相信自己的眼睛。我们打开一瓶保存了两年的进口香槟酒以示庆祝。

第二天拂晓,锁匠出现在门口,就像来给我施舍一般,高傲、自命不凡地伫立在那儿。他挎着黑色工具袋,俨然一副大使向一国总统递交条约文件的模样。

我告诉他门把已修好。

"听着,哈兹克先生,"他气恼地叫道,"我赔不起时间!你求我来,但你却把这活儿给了别人。"

我无法给他说清楚。他气极了,转身背对着我,像头熊一样气呼呼地走了,边走边朝墙上吐口水。

结局不错,他原该用工具砸在我头上。

部长的小猪

[前南斯拉夫] 努希奇

圣诞节前,我买了头好漂亮的小猪。全家人一个挨着一个地摸它,都叫声:"哎哟!"我第一个摸,第一个叫"哎哟";其次是我的妻子;再其次是我的岳母,我的小姨子,我的孩子们和厨娘。大家你摸一下我摸一下,你"哎哟"一声我"哎哟"一声。

除此之外,我听从岳母的忠告,把神父请来给小猪举行牺牲前的净化仪式。在这一切都做妥当之后,我们方才安下心来做日常琐事。

岳母在脖子上贴止痛芥子膏,身上围着毯子,坐在炉边,小姨子边做边试赴舞会穿的白色长裙;妻子给孩子们洗澡,帮他们把缠得不像话的缠头布巾缠好,然后和平素一样,把生土豆切成片,贴在头上治头痛。厨娘穿上我的旧靴子去抖地毯,我在刮胡子。

就在这安宁闲逸、每个人都忙着各自的事情的时刻,厨娘一头闯进来,直嚷:"小猪跑了!"

我们不约而同地从各自的角落发出分不清是说什么的叫声,拔腿就向外冲。我连帽子也没顾上戴,脸上尽是肥皂沫,脖子上还围着毛巾,奔在最前面。后面跟着我的妻子,头上贴着土豆片。她后面是围着毯子、脖子上贴着止痛膏的岳母和穿着舞会长裙的小姨子。小姨子后面是用扫帚武装起来的厨娘。我那两个"小傻瓜",头上缠着头巾也跑在后面。

我亲自指挥着这支队伍,敌人一路败退,我们顽强地向前推进,无一伤亡。只有岳母在路上丢失了脖子上的止痛膏,妻子丢失了头上的土豆片。尽管如此，这支队伍的士气仍然很旺盛，勇敢地向着胜利飞速前进。我们就这样一连追过了贝尔格莱德的两三条街道，直到敌人躲进一家院子。我不失时机地发出果断的命令，并改变了战斗队形。我把重炮，也就是我的岳母，安置在院子的大门口，把山炮——我的妻子和小姨子摆在院子里适当的地方，控制住整个地盘，让厨娘守住后方即厕所旁边；把步兵——缠着头巾的孩子布置成一条散兵线；我本人则亲自进行侦察。

我们坚信一定能获胜。不过，在任何战役中，哪怕一点点最微小的意外情况都可能致命地影响战斗的结局。果然不出所料，围墙上有个洞，小猪钻了出去，躲进另一家住宅。这就意味着，继续采取军事行动已不适宜。

我们从战场上回来，仿佛拿破仑的军队从莫斯科败退下来一样。我低着头走在前面，我的队伍垂头丧气地跟在后面……而就在另一幢住宅里，有人正摸着我的小猪在喊：

"哎哟！……"

正在我绝望地等待过圣诞节的当儿，外面传说内务部部长先生的小猪也逃跑了。你想，这是多么不幸！部长先生在圣诞节也没有小猪吃了。这么说来，部长先生的命运和我的命运有了某种共同之处，这可大大地安慰了我。

不过，部长是不会像我那样追小猪的。他只是拿起电话拨一下，找贝尔格莱德警察局："喂！喂！我的一头小猪跑了。"

各位，请设想一下各位警察分局的局长，设想一下所有的警官，他们都在想些什么。你想，这件事恰好又发生在圣诞节之前，而在新年前通常总有人被提升官职。可想而知，每个当官的无不在暗自思忖："嘿，就凭这只小猪，满可以捞它一级！"

于是大家都行动了起来。瞧，市区分局的局长出动了，后面跟着一个手捧小猪的宪兵。他们直奔部长先生的家。

"部长先生，我有幸向您报告，我全力以赴，亲自出马，很快就找到了您的小猪。"

不一会儿，瞧，伏拉察尔区的分局长也动身了，后面跟着一个手捧一头小猪的宪兵。

"部长先生，我有幸……"

没过20分钟，萨瓦玛尔区分局的警官也来了，他身后的宪兵捧着第三头小猪。

已有三头小猪在部长先生家的院子里哼哼地叫了。同样，已经有3个当官的在想着晋级。正在这当口，第四个当官的也从多尔绍尔区来了，后面跟着一个手捧小猪的宪兵！

"部长先生，我有幸向您报告，我亲自找到了您那逃跑的小猪。"

过了不多时，一辆车子驶到，车里走出托彼乞捷尔区警察局警监，后面跟着一个手捧小猪的宪兵。

"您看，部长先生，您的小猪竟逃到托彼乞捷尔区去了，但我一下就把它认出来了。这回可跑不掉了。"

另一位当官的从巴里洛尔区来到这里，后面跟着一个手捧火鸡的宪兵。是啊，找不到小猪，找只火鸡也好，反正都一样，总不能因为这点小差别而落在自己的同事后面。

在我过节没吃上小猪的同时，部长先生家中，有各区送来的小猪在不住声地哼哼叫着，每个区都有个分局长在等着新年升官。

但愿我也能当上这么个部长，也有只小猪从家里逃跑。那时，我就把这件事通知各州的警察局。

保 险

[奥地利] 罗达·罗达

我刚在加拉齐买了那所别墅——那是五月份的事——奥林匹亚保险公司的代理人就接二连三地来找我，劝我投保。

我磨蹭了许久，终于无可奈何地让步了。因为毕竟要预防姑妈有不测，别墅挨雷打，家具遭火灾。后来，果真出了事，但奥林匹亚保险公司却对我的损失丝毫没有兑现之意。

我要对你们说的是——六月十三日，星期五，一道雷电向我们家打来，击死了姑妈，弄毁了一把雨伞，钢琴也燃烧起来。

我想：既然姑妈已死，我又不是音乐爱好者，钢琴要烧就让它烧好了。我匆匆翻阅了保险契约，翻到后面章程第十九条，不禁茅塞顿开：我必须立即去申报损失。

然而我只有先弄清钢琴到底被烧坏到什么程度，才能去申报损失——此刻火已自行熄灭，但钢琴右半边大约直到音阶中的升 fa 音之处已被烧焦了。

就在这一天，奥林匹亚保险分公司总经理吉楚先生一阵风似地来到我们家。他一进门劈头就问："喂，出了什么事了？"

这一句粗声粗气的开场白就叫人感到事情不妙。

我领着他向钢琴走去，他对此一声不吭。接着我又默默无言地把躺在沙发上的姑妈尸体指给他看。

他端详了她一会，然后带着不以为然的神色道："嗯，她已不是妙龄少女了——还有别的什么东西吗？"

"有。"我回答，并将那睹之令人心酸的雨伞残骸指给他看。

"事情的整个过程，很可疑，且不说是蹊跷。"总经理说，"事情到底是怎样发生的？"

"啊，它来得十分迅速，大约在三点钟的时候。我们正在随便地坐着……"

"在这个打开的窗子旁边吗？"

"是的。"

"在——打——开——的——窗——子——旁。"总经理重复了一遍，边说边把这句话记在他的笔记本上。

"我们就这样坐着——姑妈坐在钢琴旁边——我坐在这儿的椅子上——外面雷雨不大。姑妈正舒徐闲雅地弹奏着《英雄交响曲》，其间她还扭过脸来问我：'你真的喜欢吃鹅杂吗？'——那就是她最后的遗言。后来突然响起了一阵震耳欲聋的霹雳声——我眼前一片蓝光——当我再抬眼望时，钢琴已经烧着了。"

"那更蹊跷了。"总经理悻悻地说，摇了摇头，一双火辣辣的眼睛直盯着我，"这件事要由法院调查。"

"先生！"我说，"干吗要出法院调查？您是说我自己点火把姑妈烧死的吗？"

他没有回答，却径直向钢琴走过去，依次将琴键按了一遍。

"低键还可以。"他说。

我对此答道——自然有点怒火中烧了："哼，您好像对音乐一窍不通啊。那些低音除了作伴奏之外就没有什么用场了。要是钢琴整个右半边坏了，哪里还有聆听歌曲时那种叫人情不自禁地喝采叫好的欢乐呢？"

"我亲爱的罗达先生，我虽然既非乐队指挥，又非作曲家，但有一点我却十分清楚。就是那把伞。您是从哪儿弄来的？正是这些日子在咖啡馆里经常听到雨伞被偷，您倒说那把伞是您自己的，那么就请把发票给我看看。此外，您姑妈是在那把伞下面弹琴吧？——窗是开着的——我的先生，那当然把雷电引进来了。要是本公司每次都赔一把伞的钱——那么，保险公司会落到什么地步？——您估计您姑妈值多少？"

"保险契约上是一万金法郎。"

"哈哈哈!这个老太太——一万法郎!真叫我笑痛肚皮。她,您这位姑妈,可是一分钱也不挣,她只是您家里的赔钱货。您,倒是您该给我们一些钱,先生!而这位太太——说来叫人难受:以她那样高龄,还在一味追求刺激,冒着雷雨弹奏不正经的流行小曲而不害臊,而且就在那把打开的雨伞下面。不,不,我亲爱的,请您读一下敝公司章程第三十一条甲:'本公司可提供与被损物品同等价值之物,以实物赔偿损失。'事有凑巧,不久前另一家发生一起火灾,还活着的一名妇女有待我们处置,年龄和死者相同——我们可以把她赔给你。再叫人把您那架钢琴重新漆一漆,绷上几根弦,钱由我们出好啦——但您得给我立个字据,事情就此了结!至于您到咖啡馆去偷雨伞,这可不是敝公司的职责——此事劳您驾自己去办理吧。"

这就是我同奥林匹亚保险公司打的一次交道。

诚实致富记

［荷兰］埃·赞特涅夫

我的外祖父是个和蔼可亲的人。可是当初造物主分发智力的时候,他准是不在场。我直到现在还感到奇怪,靠他挣得的那么一点钱,外祖母怎么能维持一家人的生活。

从前我们一家大小都挤在一幢小房子里,一个个骨瘦如柴。我们孩子吃起饭来从来不用大人哄! 实际上我每次在母亲那儿吃过午饭之后,总要到楼上外祖母那儿再吃上一顿,然后去看望伯莎姨妈。她和我们仅隔几个门。这样我就可以在她那儿再找补点儿。

我还是在十五岁那年到城里一家店铺当了学徒以后,才尝到熟苹果是什么滋味。在那以前,村里的苹果总是熟不了——因为它们没这个命啊。那些苹果可真酸,酸得我们的眼泪直淌,但现在的苹果吃起来再也没有从前小小的青苹果那样津津有味了。

整个童年时代只有一次我算是吃得心满意足:那天伯莎姨妈忘了锁碗柜,谁知被我发现了炸面圈,我一下子偷走并吞下了二十二个。打那以后,他们从来没有忘记这事,也不肯原谅我。几年过后,每当我回家团聚时,还总有人大声嚷嚷:"当心炸面圈。"

有一天,财神爷突然冲着外祖父微笑了,你也许可以想象这对我们来说意味着什么:他乘的火车出了车祸。

假如你有幸也遇到一次车祸,而又没有送命的话,那么谢天谢地,你就不愁吃和穿了:铁路局要付赔偿费了! 那些走运的乘客完全懂得该怎么办。他们开始痛苦地呻吟，在地上打起滚来，等待着医生和担架的到来。

只有外祖父没有这么做！

他的饭量比我们全家人加起来还要大，有生以来从不放过一餐饭。当然现在他也不愿破这个例。不会的，先生。他是不会因为区区事故而少吃一顿的。于是他砍了根结实的树枝作拐杖，一路走回家——足足走了三小时！

这时，火车出事的消息已经传到村里了，电报说"无人死亡"。

外祖父果然大步流星，风尘仆仆地走了回来。虽然走了长路，显得有点累，可仍旧手脚利索，笑容满面，因为他恰好赶上吃午饭。见此情景，我外祖母脸上表情的变化简直难以描述。起初她见丈夫安然无恙地回来了，心里的一块石头总算落了地，接着这种宽心的情绪里滋生了一丝怒意，最后变成了勃然大怒。

外祖父错过了一个千载难逢的发财良机！

因此，她旋风扫落叶似地行动起来。还没等外祖父弄清是怎么回事，她就剥掉了他的裤子，把他按倒在床上，尽管他苦苦哀求，都无济于事。外祖母把一块湿毛巾搭在他头上，母亲找来了油——我们家仅有的药——蓖麻油。外祖父恐惧地叫着，使劲缩进被窝里去。可是母亲还是照样捏住他的鼻子，把蓖麻油一股脑儿灌进了他嘴里。可怜的老头！其实他所要的不就是一顿饭吗？但是，一旦他的妻子和女儿下了决心，不管是他还是别的什么人，又能有什么办法呢？

忙完了这阵"护理"，她们就派一个孩子去请医生。一会儿，医生来了，给外祖父作了全面检查。医生正要祝贺他健康状况完全正常，母亲突然出来干预了。

我母亲坚定地朝医生面前一站，昂首挺胸，那个子足有四尺十寸高呢！她毫不含糊地告诉医生说，外祖父遭到严重撞击后得了脑震荡，而且神志完全失常，要不然怎样解释他竟放弃了这个千载难逢的机会呢？医生是不是另有解释？啊？

医生向母亲那神色坚定而又严厉的脸上瞥了一眼。他曾和我母亲打过交道，领教过她的厉害，所以只得退让三分，按母亲的话写了诊断书后，走掉了。

接着她们就耐心等待。两个女人竭尽全力将外祖父安顿在床上，仔细地教他在铁路上来人的时候要说什么，不说什么。而外祖父则调皮地点点头，答应和他们配合。

你在床上放过鳗鱼吗？外祖父就活像条鳗鱼，不时地溜下床来，弄得娘儿俩毫无办法，最后只好把他的裤子给藏了起来。但他却买通一个孩子替他找来了裤子，因此还是下了床。

就在他下床之际，突然外面响起了一阵等待已久的喧闹声。透过窗户，我们看见了那些铁路调查员，全村老小毕恭毕敬地跟在后边，想看看有什么结果。

慌忙中，外祖父连同他的裤子、靴子等穿戴统统被塞进了被窝，被子一直拉到他的下巴，帐子也放了下来，那只蓖麻油瓶子放在床上最显眼的地方。然后调查员才被请进屋来。

一开始事情就很清楚，外祖父早把她们反复嘱咐的事给忘得一干二净了。他微笑着表示欢迎贵宾们的到来，接着就他们堂堂仪表说了几句恭维话，然后又把话题转到天气和庄稼上。好不容易医生才插上嘴问他究竟哪儿受了伤。这时，母亲指着自己的脑袋拼命向他提示。

"啊呀！"外祖父带着天使般的微笑说道，"我的伤只要给我十万盾，就可治好了。"

母亲当场就晕了过去，外祖母则尖叫着冲出屋去。这可苦了那几位赔款调解人，他们笑得前仆后仰，半天直不起腰来。

他们好不容易忍住笑，设法使我那可怜的母亲苏醒过来，然后就给了外祖父五千盾——这一下外祖父成了村里最大的财主！

可是直到临死，他都没弄清，他们为什么要给他那笔钱。

吻

[瑞典] 雅·瑟德尔贝里

一次有一位年轻的姑娘和一位非常年轻的小伙子。他们坐在一直伸进水里的湖岬上的一条石板上,湖水汩汩地拍打着他们的双脚。他们静静地坐在那儿,两人都瞧着西沉的落日,陷入沉思。

他想:他真想吻她。他抬头看看她的嘴唇,立刻就使他想到那嘴唇的样儿就像是意味着要他去吻。当然,他见过比她更漂亮的姑娘,他也的确在和别的姑娘恋爱;但是像眼前这样一位姑娘,他确实从来没有吻过,因为她是一个理想的化身,一颗天上的明星,对"一位可望而不可即的女性",又能怎么办呢?

她想:她真想要他吻她,这样一来,她也许就有机会给他一点颜色看看,让他知道,她对他根本不屑一顾。她会站起来,把身上的裙子裹得紧紧的,非常冷淡地、轻蔑地白他一眼,然后挺起腰杆,镇静地走开,而且并不显示任何不必要的匆忙。不过眼下为了不让他猜出自己的思想活动,所以她轻声曼语地问他一声:"你认为,这以后生活就与从前不一样了么?"

他想:如果他回答一声是的,他就更容易吻她了。但是他不能肯定地记得,过去在另一种情况之下,对于同一个问题,他是怎样回答的,他生怕自相矛盾。因此,他注视着她的眼睛,回答说:"我有时候这么想。"

这样回答特别使她高兴。她想:最低限度,我喜欢他的头发——也喜欢他的前额。可惜他那鼻子长得太丑了。其次，当然，他没有社会地位——他只是个学生，为通过毕业考试而读书的学生。因此，他并不是使她的女友们感到烦恼的那一类人物。

他想：这会儿我肯定可以吻她了。尽管如此，他还是怕得要命；他可从来没有吻过官宦之家的千金小姐；他不知道这一吻是不是带有危险性。她父亲就在离这儿不远地方的吊床上睡着了；再说她父亲又是这个小城市的市长。

她想：要是他吻我，我想我最好是给他一记响亮的耳光。

接着她又想：可是他干吗不吻我呢？难道说，我是丑八怪，不讨男人欢喜？

她朝水面上探着身子，看看自个儿映在水中的影子，但是她在水中的形象被荡漾的微波打得粉碎。

她又想：要是他吻我，我真不知道是什么滋味。事实上，她只被男人吻过一次，那是在城市大饭店舞会以后，被一位中尉吻的。他酒气熏天，烟臭扑鼻，在接吻时她几乎没有什么快感，尽管他是一位中尉。要是他不是中尉的话，她真不乐意让他吻她。除此以外，她恨他，因为从那以后，他就没有向她献过殷勤；也根本没有对她表示感兴趣。

他们两人就这样坐着，各人想各人的心事，夕阳西沉，天色渐暗。

他想：尽管太阳落山，夜色降临，而她仍然愿意和我坐在一起，这表明她也许不会太反对我吻她。

于是他用一只胳膊轻轻地搂着她的脖子。

她压根儿没想到他会这样轻举妄动。她原先以为他仅仅是吻她，不会动手动脚，那以后，她就啪的给他一记耳光，然后就像公主似的抽身就走。但是，这会儿，她却不知道如何是好了；她当然想对他生气，但是她又不想失去这次被吻的机会。因此，她就这样一动不动地坐着。

紧接着他吻了她。

这一吻比她原先的想象微妙多了。她觉得自己渐渐脸色发白，周身无力，她根本就没想到给他一记耳光，也根本没想到他只是一个为了毕业考试而读书的学生。

但是他想的是一位笃信宗教的医生所写的一本《女性的性生活》书

中的一段文字："必须预防夫妻之间的拥抱受色欲的支配。"因此，他想，这一点一定是很难预防的，因为即使是一次亲吻，就使人感到灵魂的颤动。

皓月东升的时候，他们两人仍旧坐在那儿，相互吻着。

她悄没声儿对他说："我一看见你，就爱上你了。"

于是他回答说："在这个世界上，我爱的只有你。"

七个铜板

[匈牙利] 莫里兹

穷人也可以笑,这本来是神明注定的。茅屋里不但可以听到呜咽和嚎哭,也可以听到由衷的笑声。甚至可以说,穷人在想哭的时候也是常常笑的。

我很熟悉那个世界。我父亲所属的苏斯家族的那一代经历过最悲惨的贫困。那时,我父亲在一家机器厂打零工。他不夸耀那个时代,别人也不。可是那时候的情景是真实的。

在我今后的生活中,我再不会像在童年的短短的岁月中笑得那样厉害了,这也是真实的。

没有了我那笑得那么甜蜜、终于笑得流眼泪、笑到咳嗽得几乎透不过气来的、红脸盘儿的、快活的母亲,我怎么会笑呢。

有一次,我俩花了整整一个下午来找七个铜板,就是她,也从来不曾像那一次笑得那么厉害。我们找寻那七个铜板,而且终于找到了。三个在缝衣机的抽屉里,一个在衣橱里……另外几个却是费了更大的劲才找出来的。

头三个铜板是我母亲一个人找到的。她希望在缝衣机抽屉里再找到几个,因为她时常给人家做点针线活,赚来的钱总是放在那里面。在我看来,那个缝衣机抽屉是个无穷无尽的宝藏,只要伸手就能拿到钱。

因此,我非常奇怪地看我母亲在抽屉里边搜寻,在针、线、顶针、剪子、扣子、碎布条等等中间摸索,又突然大惊小怪地叫了起来:

"它们都躲起来啦!"

"谁呀?"

"小铜板哪。"我母亲笑着说。她把抽屉拉了出来。

"来,我的小乖乖,不管怎么样,我们得把这些小坏蛋找出来。呵,这些淘气的,淘气的小铜板!"

她蹲在地板上,把抽屉放下来,直像是怕它们会飞掉。她又像人家用帽子扑蝴蝶似的突然把抽屉翻了个身。

看她那个样子,叫你不能不笑。

"它们就在这儿啦,在里头啦。"她咯咯地笑着说,不慌不忙地把抽屉搬起来,"假如只剩一个的话,那就应该在这儿。"

我蹲在地板上,注视着有没有晶亮的小铜板悄悄地爬出来。可是,那儿没有一样东西蠕动。事实上,我们也并不真的相信里面会有什么东西。

我们彼此望望,觉得这种儿戏可笑。

我碰了碰那个翻了身的抽屉。

"嘘!"我母亲警告我,"当心,会逃走的啊。你不晓得铜板是个多么灵活的动物,它会很快地跑掉,它差不多是滚着跑的。它滚得可快哪……"

我们笑得前仰后合。我们从经验中知道一个铜板多么容易滚走。

当我们平静下来的时候,我又伸出手去翻转抽屉。

"哦!"我母亲又叫起来。我吓得连忙把手缩回来,好像碰到一只火辣辣的炉子。

"当心,你这个小败家精!干吗急着把它放走呀!只有它藏在下面的时候,它才是属于我们的呢。让它在那儿多呆一会儿吧!你瞧,我要洗衣服,得用肥皂,可是肥皂起码要花七个铜板才能买到,少一个就不行。我已经有三个了。还差四个。它们都在这小屋子里,它们逗留在这儿,但是它们不喜欢人去惊动。假如它们生了气,它们就一去不回了。当心,钱是很敏感的,你得很巧妙地对付它,要毕恭毕敬地。它像少妇一样容易气恼。你不是会唱迷人的曲儿吗?也许我们可以把它从它的蜗牛壳里逗出来呢。"

天晓得我们在这唠叨不休的谈话中间笑得多起劲。不过那的确是非常好笑的。

铜板叔叔快出来，

你的房子着火啦！……

我一面说，一面就把它的房子翻过来。

下面是各种各样的破烂儿，就是没有钱。

我母亲撅着嘴在乱翻，但是毫无结果。

"多可惜呀，"她说道，"我们没有桌子。假如把它倒在桌面上，我们就可以做得更隆重了，并且我们一定会从下面找到一些什么的。"

我把那堆破烂儿抓在一起，放回抽屉里。这时我母亲正在寻思。她绞尽脑汁想她是不是曾经把钱放在别的什么地方，但是她什么也想不出来。

不过，我的心里倒动了一个念头。

"亲爱的妈妈，我知道一个地方有一个铜板。"

"在哪儿，我的孩子？我们快把它找出来吧，别让它像雪一般融掉。"

"玻璃橱里，在那个抽屉里。"

"哦，你这倒霉孩子，亏了你早先没有说出来！不然，这时一定不在那里了。"

我们站起来，走到早已没有玻璃的玻璃橱前，还好，我们在它的抽屉里找到了那个铜板，我知道它一定是在那里的。这三天来，我一直准备把它偷走，就是不敢。假如我敢偷的话，我一定拿它买了糖啦。

"得，我们已经有四个铜板了。打起精神来吧。我的小宝贝，我们已经找到一大半了，再有三个就够了。我们既然花了一个钟头找到了这一个，到下午喝茶的时候，我们就可以找到那三个了。尽管那样，在天黑以前我还可以洗不少衣服呢。快点儿吧，也许其余的抽屉里都有一个铜板呢。"

每个抽屉里要都有一个可好了！那就真的了不起！这个老橱柜在它年轻的时候曾经收藏过很多东西；难怪它变得那么破烂，生了虫，到处是窟窿了。

我母亲对每一个抽屉都唠叨一番。

这一个抽屉豪华过一阵！那一个从来没有过东西！这一个呢，永远是靠借债度日的！唉，你这缺德的可怜的叫花子，你连一个铜板也没有么？这一个不会有什么东西了，因为它在守护我们的穷神。假如现在不给我一点东西，你就永远别想有一点东西了，这是我唯一的一次向你要东西："瞧，这一个最多！"她笑着叫道，拉出那个连底也没有了的最下一层的抽屉。

她把它套在我的脖子上，于是我们坐在地板上，放声大笑。"别笑了，"她突然说道，"我们马上就有钱了。我就要从你爸爸的衣服里找出一些来。"

墙上有些钉子，上面挂着衣服。你说怪不怪，我母亲把手伸进头一个口袋，就马上摸到一个铜板。

她简直不相信自己的眼睛了。

"瞧，"她叫道，"我们找着了！我们已经有多少啦？简直数不过来了！一，——二，——三，——四，——五，——五个！再有两个就够了。两个铜板算不了什么。既然有了五个，另外两个没疑问就要出现。"

她非常热心地搜寻那些衣袋，可是，天哪，什么结果也没有。她一个也找不出来。就连最有趣的笑话也没有把另外两个铜板逗出来。

由于兴奋和辛苦，我母亲的两颊已经泛起两朵红晕。再不能让她干下去了，因为这样会叫她马上害病的。这当然是一件例外的工作，谁也不能禁止谁找钱哪。

下午喝茶的时候到来了，又过去了。夜不久就要来临了。我父亲明天需要一件衬衫，可是我们没法洗。单是井水是洗不掉油污的。

这时，我母亲拍了拍前额。"哦，我有多么傻！我就不曾看看我自己的衣袋！既然想起来了，我就去看看吧。"

她去看了一下，你相信么，她真在那里找着了一个铜板。第六个。

我们都兴奋起来，现在只缺一个了。

"把你的衣袋给我看看，说不定那儿也有一个！"

我的口袋！我可以给她看的，里边什么也没有。

到了晚上，我们有了六个铜板，可是我们却好像一个也没有一样。

那个犹太人不肯放帐，邻居们又像我们一样穷，也不作兴去向人家讨一个铜板啊！

除了笑我们自己的不幸以外，再也没有别的办法了。

这时，一个叫化子走了进来。他用歌唱的调子发出一阵悠长的哀叹。

我母亲笑得几乎昏过去了。

"算了吧，我的好人，"她说道，"我在这儿糟蹋了整整一个下午，因为需要一个铜板，少了它就买不到半磅肥皂。"

那个叫化子，一个温和的老头儿，瞪着眼睛看着她。

"一个铜板？"他问道。

"是的。"

"我可以给你一个。"

"这还了得，接受一个叫化子的布施！""不要紧，我的姑娘，我不会短少这一个铜板的。我短少的是一铲子土，有了这，就万事大吉了。"

他把一个铜板放在我的手里，然后满怀着感恩的心情蹒跚地走开去了。

"好吧，感谢上帝，"我母亲说道，"再没有……"

她停了一会儿，然后大大发出一阵笑声。

"钱来得正是时候！今天再也洗不成衣服了。天黑了，我连灯油也没有！"

她笑得透不过气来，这是一种可怕的、致命的窒息。她弯着腰把脸埋在手掌里，我去扶她的时候，一种热呼呼的东西流过我的手。

那是血，是我母亲的血，是她宝贵的、圣洁的血。我的母亲呀，就连穷人中间也很少有人像她那样会笑的。

有什么新鲜事吗？

[匈牙利] 厄·伊斯特万

一天下午，布达佩斯公墓第二十七区十四号穴上近三百千克的墓碑轰然一声，倾倒在地。接着墓穴豁然裂开，原来是躺在里面的哈伊杜什卡·米哈伊夫人——诺贝尔·施蒂芬妮亚（1827~1848）复活了。

尽管因为风吹雨淋，墓碑上的字迹多少有些剥落，但她丈夫的名字也还是可以看得清的，可不知道为什么，他没有复活。

因为天气不好，在公墓的人不多，但凡是听到声音的人都过来了。这时，这位少妇已经掸去身上的尘土，向人借了一把梳子正在梳头。

一位带黑面纱的老太太问她："你好吗？"

"谢谢，很好。"哈伊杜什卡夫人说。

一位出租汽车司机问她渴不渴？

这位刚活过来的死人说，现在不想喝什么。

确实，布达佩斯的水味道实在无法恭维，他也不想喝——司机发表他自己的看法。

哈伊杜什卡夫人问司机，他对布达佩斯的水为什么不满意？

因为用氯消的毒。

"用氯消的毒。"花匠阿波斯托尔·巴朗尼科夫点点头（他是在公墓门口卖花的），所以他那几种高级花只好用雨水来浇。

这时有人说，现在全世界的水都用氯消毒。

说到这里，没有人接话了。

那么有什么新鲜事？少妇问。

什么新鲜事也没有。人们说。

又沉默了，这时下起雨来。

"您不怕淋湿吗？"做钓鱼竿的私营手工业者德乌契·德若问这位复活者。

不要紧，她还爱下雨天呢。

老太太说，当然，也得看下什么雨。

哈伊杜什卡夫人说，她喜欢的是夏天那种凉丝丝的雨。

但是阿波斯托尔·巴朗尼科夫说。他什么雨也不喜欢，因为一下雨，公墓就没有人来了。

做钓竿的私营手工业者说，他非常能理解这一点。

现在谈话停顿了好长一段时间。

"您们说点什么吧。"新复活的少妇向四周看了看说。

"说些什么？"老太太说，"没什么好说的。"

"自由战争以后什么也没发生过吗？"

"要说，也可以说一两件，"手工业者挥挥手。"但就像德国人说的那样："'Selten Kommtetwas Besseres nach'。"

"不错，说得对。"出租汽车司机说。好像为了招徕乘客，他到自己的汽车那里去了。

人们沉默着。复活者看看自己刚才出来的土坑，它还没有合上，她又等了一会儿，但看来实在没有人想说话，于是就向周围的人说："再见。"然后又回到原来的土坑里去了。

做钓竿的手工业者怕她滑倒，伸手过去扶了她一把。

"祝你一切都好。"手工业者说。

"怎么了？"出租汽车司机在大门口问大家，"她莫非又爬回去了？"

"爬回去了。"老太太摇摇头。"其实我们谈得多么投机啊。"

在科学之宫

[匈牙利] 厄·伊斯特万

在匈牙利学院的"红色长毛绒大厅"门口,一个正在擦窗户的青年女工晕倒了。她浑身抽搐,口吐白沫,正当她一头栽倒在地的时候,从"红色长毛绒大厅"里出来了一百七十位医学科学家,他们刚听完诺贝尔奖金获得者、生物学家古纳尔·英格里特森的学术报告。

匈牙利科学家们立刻开会研究,往来奔走,给这位姑娘打针吃药,叫来了担架,甚至请来了消防队。因为——特别是在一位有名气的外国人面前——要为病人尽一切努力,他们还把病人倒挂在窗口(说不定病人的肺里滑进了一块鹅卵石),但病人继续吐着白沫,咬牙切齿,痛苦地在地上打滚。这时,古纳尔·英格里特森说话了:

"我们给她喝杯水不好吗?"

这点谁也没有想到。果然,喝了水以后,姑娘神志清醒了,安定了,一会儿就重新愉快地工作起来。

这时电视台的人来了,把剩下的半杯水塞在这位外国教授手里,把他推到镜头前面。姑娘奉命再摔倒在地,设法再吐些白沫出来,并且果然吐出来了不少。

但是这次抽搐止不住了,白沫大量从她嘴里冒出来。这位大科学家不但把剩下的半杯水灌在她嘴里,而且还要了一整杯苏打水,但无济于事。

谁知道这是怎么回事?